「今日のご飯……
逃がさない！」
キャラ
【獣呪《じゅうじゅ》族】の少女。
ケガをしているところを
主人公・現人《あらと》に助けられた。

「――にゃぴょん！　そっちはだめ！」

『あれは……【砂漠土竜《デイジスドラン》】!?
なぜこんなところに……』
アズ
【言霊族《チャーム》】の少女。
砂漠で倒れているところを
現人に助けられた。

『アウト様こそ、
わたくしの運命に違いありません！』

芳賀概夢 ILLUST. 灯まりも

SLEEPING OVERNIGHT IN MY CAR IN ISEKAI

CONTENTS

イラスト：灯まりも　デザイン：高安りさ（G×complex）

01
一泊目
SLEEPING OVERNIGHT
IN MY CAR IN ISEKAI

第一話：ある日……

あっという間に、オレはオフィスで注目の的となった。

「大前君《おおまえ》！　でっ、でっ、できてないとは、どういうことかねっ⁉」

額が汗で光っている部長が、ダンッと立ちあがり、ひきつった声で唾液をまき散らす。

（汚ねぇなぁ……）

ぎりぎり、顔にかからなかったからいいけどさ。

たかが資料を作らなかったぐらいで、そんなにムキになって甲高い声で怒鳴るなよ。

この広いオフィスの隅から隅まで響くじゃないか。

「なんでこんな時に、静岡《しずおか》課長は連休なんだ！」

自分の身代わりになる課長がいないことにキレてやがる。

「ええい、山崎《やまざき》君！　主査の君が管理役のはずだね。君は大前君に指示をださなかったのかね⁉」

生贄《いけにえ》に選ばれた山崎が、オレの横でその二枚目面をひきつらせた。

そして体をビシッと直立不動にしながら、山崎が「とんでもない！」と否定する。

ざまぁ、だ。

滅多に見られない表情が見られて、オレは心の中でにやついてしまう。

確かに指示はされてたから、やってはいたよ。

ただ仕事で無理するのは、なんともバカらしいじゃないか。

だから、マイペースでやらせてもらったさ。

つーか、いくら上司といっても山崎は同期だからなぁ。

なんで同期に命令されなきゃいかんのよ。

それもあってさ、やる気がどうにもおきなくてね。

「どうするんだ⁉　必ず明日の定例会には提出できると、先方に約束してしまったのだぞ！　延ばせるのかね、山崎君⁉」

「い、いえ。一応、先ほど先方にさりげなく確認したのですが、ただでさえ押しているプロジェクトなので、延びるぐらいなら当初に話していたとおり、契約は一度、破棄すると……」

話しながら青ざめていく山崎と、沸騰するかのように赤らむ野々宮《ののみや》部長。

「冗談ではないぞ！　もうすでにかなりの工数と経費を使っているというのに。それにこのプロジェクトを通さなければ、今期の売上目標に届かんではないか！」

結局、心配しているのは、自分の部署……というより、自分の成績なわけだ。

「お客様のことを第一に」なんて言うのは、本当に立て前。

お客様を大事にしない会社は成功しないよ。

つーか、オレが言えた立場じゃねーか。

「なに、ニヤニヤとしている、大前君！　話にならん！　とにかく最新の資料をすべて山崎君に渡せ！　山崎君は私と本部長のとこ――あっ！　本部長！」

その部長のぎょっとした声で振りむくと、そこには白髪交じりながらも、体つきがしっかりした本部長の姿があった。

ビシッときめた上品なストライプのダブルスーツを身にまとい、眉間に皺《しわ》を寄せた、いかつい顔でオレを睨《にら》みつけている。

「大前君……明日の資料ができていないというのは本当か？」

本部長の言葉にも、オレはまた気の抜けた「はぁ」を返す。

「……大前君。君には失望したよ」

「すんません……」

失望……ね。

つーか、失望ってのは、期待していた相手に対するものじゃないの？

どうせ期待していなかったくせに、よく言うぜ。

わかっているさ。

誰もオレに期待なんてしちゃいない。

親や兄貴でさえオレに期待なんてしちゃいないのに、いったい誰が期待するってんだ。

「ともかく詳しい話を聞かせてくれ。大前君のことは、あとで……」

声をかけられた部長が、やたらに出てくる額の汗を拭きながら、コクコクとうなずく。

そして、そのか細い体で本部長の後ろをついていく。

「大前、さっさと資料を僕に送れよ！　……あと、もっとちゃんと謝れ！」

そう捨て台詞を吐くと、山崎も踵《きびす》を返して去っていく。

謝れって、さっきから謝ってんじゃんか。

まだ、オレは怒られなきゃならないのか？

（逃げてぇ……）

オレは自分の席のノートパソコンを見る。

最新の資料は、まだクラウドドライブに保存していないので、このパソコンの中にしかない。

今、これがなくなれば、資料はかなり巻き戻ってから作り直しだ。

（つーか、持って逃げたら……困るよな……）

囁《ささや》いた悪魔が驚くほど、オレの心は簡単に決まった。

◆

――ってのが、昨日じゃない昨日の話。

今、考えれば、この当時のオレは本当に最低だった。

でも、結果的にだが、それで良かったとも思う。

あの時、オレは逃げた。

どこへでもいいから遠くへ行きたいと、愛車を使って逃げたんだ。
そして気がついたら、オレは元の世界からさえも逃げていた。
たどりついた異世界。
出会った少女とする車中泊の旅。
その中で、オレは元の世界のオレを省みることになる。

これは、そんな物語なんだ……。

第二話：森の中……

……まだ……倒れ……

たす……け……

神《しん》……さ……

――ドバタンッ!!

上からなにかが落ちてきたような音で、オレは目が覚めた。
おかげで見ていた夢も忘れる。
変な内容だった気がしたんだが、と思いながら体を起こして、自分が車の荷室《ラゲッジルーム》で寝ていたことに気がつく。
（ああ。ばっくれたんだった……）
オレは退社時間を待たずに仕事を放りだし、愛車【アウトランナーPHEVエボリューション】

にいろいろと荷物を積んで、家を出てきてしまったことを思いだす。

（そうだ。確か……足柄SA《あしがらサービスエリア》で車中泊して……）

朦朧《もうろう》としながらもそこまで思いだし、周囲を見て呆気《あっけ》にとられる。

まだ大して寝ていないはずなのに、外が少し赤らんで明るい。

スマートフォンを取りだして見ると、「03：21」という表示が見える。

まだ夜中だ。

いくらなんでも夜明けには早すぎる。

（あれ？　どうなって……。つーか、さっきの音⁉）

混乱しながらも、おきた原因を思いだす。

かけていた毛布を剝がし、オレは確かめるためにドアを開けようとした。

だが、そこでまたオレは奇妙なことに気がつく。

風景がおかしい。

周囲には、多くの木々が生えていたのだ。

オレは、アスファルトの広い駐車場の真ん中あたりに車を駐めたはずである。

周りには、多くの車も駐まっていたはずだ。

それなのに少しだけドアを開けてみると、足下にあるのはまちがいなく柔らかい土だった。

しかも、周りに車など一台もない。

どう見ても、どこかの森の中にいるようだった。

（え？　オレ、寝ぼけてどこかに車を走らせた……とか？）

そういえば、足柄ＳＡ《サービスエリア》の裏手には、雑木林もあったはずだが、まさか車で突っこんだのか？

いやいや。そんなバカなと思いながらも、さっきの音を思いだす。

音がしたのは、フロントのボンネットあたりだと思う。

もし、本当に寝ぼけて車を走らせて人を轢《ひ》いていたら……。

オレの背筋に、ゾゾゾッとムカデが這《は》いずり回るような感触が伝わる。

「ウッ、ウソだろ……」

オレは怖々とさらにドアを開けて、そこから半分だけ体を出した。

そして背伸びするようにして、上からボンネットを見てみる。

が、大きく凹《へこ》んだところはなさそうだった。

まだ買って半年も経っていない車だから、凹んでいないのは素直に嬉《うれ》しい。

だが、それならさっきの音はなんだったのだろうか。

何か嫌な予感がしながらも、オレは少しずつ体を進めて、車の前を覗《のぞ》きこんだ。

「……うわっ⁉」

そして、その嫌な予感が当たっていたことに気がつく。

車の前でオレに足を向けて倒れていたのは、人間だったのだ。

しかもスラリとした脚に、ふくよかな胸、褐色の肌と琥珀色《こはくいろ》の髪をした少女だったのである。

「やっ……やっちまったのか‼」

ちょっと服装は変わっていたが、高校生ぐらいだろうか。

立派な胸の上半分が覗く革製のまさに「乳バンド」とでもいうような茶色い胸当てに、上から半袖の丈の短い朱色のジャケットみたいなものを羽織っている。

下は、膝上ぐらいまでのスウェット生地っぽい朱色のズボンと、やはり革製の脛《すね》まで隠すブーツを履いていた。

そのカッコは、渋谷や池袋などにいても浮いてしまうファッションだ。

どちらかと言えば、ファンタジーRPGなどにでてきた方が自然に見える。

そんなどこか現実離れした女の子をオレは轢き殺してしまったのだ。

ヤバイ。

絶対にヤバイ。

これは急いで逃げないと。

幸い、車にぶつかった跡は見あたらない。

（そうだ！　証拠はない！　ぶつかった跡は……あれ？）

おかしい。

ぶつかった跡がないなら、なんで彼女は倒れているんだ？

「ううっ……」

死体だと思っていた彼女の口が、低い呻《うめ》きをもらした。

オレがその声にビビって、息を呑んでいる間に今度は、はっきりとした声をだす。

「ううぅ……早くしな……い……と……」
それはまるで、寝言のような声。
オレはそばによって、そっと上半身を起こしてみる。
閉じられた双眸《そうぼう》に長い睫《まつげ》が揺れる。
あまり高くはないものの丸くてかわいい鼻が、一瞬だけヒクンと動いた。
ピンクの唇、そこから覗く八重歯から息がもれている。
そして健康的な褐色の肌は温かい。
まちがいなく、生きている。
「おい、大丈夫か⁉　どーしたん……え？」
まるでオレの呼びかけに応えるように、彼女の琥珀色の髪がピクリと動いた。
オレが驚いて固まっていると、頭頂部近くの左右の髪がピコンッと立ちあがる。
いや、違う。
それは髪ではなく、ネコ耳だったのだ……。

第三話：ネコ耳娘に……

「……ネコ耳？」

他にどう表現していいかわからないほど、頭の上にあるそれはまちがいなく、琥珀色のネコ耳だった。

最初はカチューシャかと思って触ってみたが、はずれるどころかどう見ても頭と一体化している。

しかも、触るたびにピンクの唇から「にゃぁ〜ん」と、妙に艶めかしい声までもれる。

こめかみあたりの髪を上げてみるが、そこに本来あるはずの人の耳もない。

だが、どうしても信じられないオレは、彼女のヒップに手をまわす。

（ネコなら尻尾があるはずだ……）

決して、やましい気持ちじゃない。

やましさなど少しもない……と言えば、ウソになるが、それよりもどうなっているのかを知りたかった。

だから手にそれが触れた時、オレは興奮するよりも喜んでいたと思う。

本当にあった。

そこに、尻尾があったのだ。

「……あれ？」

しかし、さらに触っていて、少し妙なことに気がついた。

短い。

尻尾が異様に短い。

（つーか、これは……モフモフ？）

オレは彼女の頭をそっとおろすと、体を半分ひっくり返して彼女のお尻をマジマジと見る。

そこには、確かに尻尾があった。

ただし、丸い。

髪の毛と同じ、琥珀色の毛がボールのようについている。

オレはさらに調べるように尻尾を触ってみる。

布製ズボンのお尻の上の方には、縦に切れ目が入っていた。

そして、その上をボタンでとめてある。

たぶん、尻尾を通すためのものなのだろう。

わざわざそんな作りをしているということは、つまりこの尻尾もあとからつけたりしたものではないということだ。

（つーか、どう見てもこれ、ウサギの尻尾じゃねー？）

でも耳は……と思い、視線を顔に戻すと、先ほどまでつむられていた双眼がパッチリと開いている。

そこにあるのは、少し猫目気味の赤みを帯びた双眸。

しかも、かなりつりあがり、褐色の肌でもわかるぐらい頬を真っ赤に染めていた。

「あ……」

「…………」

「つーか、これは……」

「にゃぴょん!?　……なにするか、このエロオヤジ！」

もの凄い怒声と共に、彼女のパンチがオレの顔面に炸裂《さくれつ》した。

しゃれぬきで、オレの体がぶっ飛ぶ。

比喩ではなく、地面を転がされた。

本気で死ぬかと思うぐらいの痛みが全身に走った。

手で顔を触ると、掌に鼻血がついていた。

「ってな！　なにすんだ、テメー！」

「それはこっちのセリフ！　キャラのお尻、まさぐった！」

「ま、まさぐってねーよ！」

「うそつけ、エロオヤジ！」

「オヤジじゃねー！　オレはまだ、二六歳だぞ！」

「十分、オヤジ！」

「つーか、そういうオマエは何歳なんだよ！」

「キャラは、鮮度抜群、一六歳！」

「一六だと？　なんだよ、ガキじゃん！　つーか、ガキのケツなんて興味ねーし。オレはだいたい、ケツより胸の方が――」

「胸⁉　キャラの胸まで触った⁉」

「えっ⁉」

「にゃぴょん！　もう、オマエ、許さない！」

「つーか、『にゃぴょん』って、言葉までネコとウサギが混ざってんのかよ！」

「うるさい！　とにかく、キャラの体を触った罪は重い。これは神が謝ってきても許さないレベル！」

「レベルたけーな！」

「償いとしてオマエの命、このキャラがもらう！」

いつの間にか、彼女は腰に手をあてていた。

そして握られたのは、大きめのナイフ。

片手で突きだされた剣先が、オレの方をまっすぐに狙う。

（まさかナイフを持っていたとは……尻尾に夢中で気がつかなかった！）

ギラッと光る刃は、それが本物の金属であることを疑わせない。

非常に痛そうである。たぶん、刺されたら死ぬね。

しかも逃げきるのは、かなり難しそうだ。

「まっ、まあ……つーか、落ちつけよな……」

「うるさい！　キャラは……うぐっ……」

言葉の途中で、彼女はいきなり膝を折る。

そして、まるで糸が切れたように、地面にへたってしまう。

今まで気力で保っていたのが限界に来たかのようだ。

よく見れば、顔色も悪く見える。

「おい。つーか、オマエ。大丈夫なの――」


――ぐううううぅぅぅぅぅ～～～～！


オレの言葉を遮ったのは、アニメでしか聞いたことがないような腹の虫の鳴き声。

そのあまりの立派な鳴き声に、彼女は顔を真っ赤にまた染める。

「……もしかして、オマエ……腹、減ってんじゃね？」

「………」

「カップラーメンならあるけど、食うか？」

「く、食うかって……それ食べ物の名前か？」

「おお。そりゃーもちろん、食べ物だ」

「……く、くれるのか？　金はないぞ」

「そんじゃさ、いろいろと触っちゃった、お詫《わ》びっつーことで、ひとつ……な？」

「…………」

「…………」

「……しょ、しょーがない。それで手を打つ！」

オレは自分用に買っておいた朝飯を犠牲にし、自分の命を守ることができた。

それはカップラーメンが、神様の謝罪に勝った歴史的瞬間だった。

第四話：飯食われた。

自ら【キャラ】と名のった、ネコ耳、ウサギ尻尾のハーフ（?）娘は、ハフハフしながら、フォークで口へ麺を運ぶ。

しかし、口元にあたると「あっひっ！」と言って、口から麺を離してしまう。

おかげで、なかなか食べられない。

ネコ舌というのは、舌だけではなく口全体の話なのだと、その様子を見ていて初めて知った。

これは、新しい発見だ。

だが、それよりも素敵な発見があった。

カップラーメンがなかなか食べられない女の子というのは、なんか非常にかわいらしいということだ。

しかも、それがネコ耳つきというだけで、ブーストがかけられたような愛らしさがある。

見ているだけで、ついついニヤニヤしてしまう。

近くに警察官がいたら、変質者として捕まってしまうレベルのニヤニヤだ。

「うまいか？」

――コクコクコク！

やっとの思いで口に麺を入れたキャラは、オレの問いに小刻みにうなずいた。

そして、まるで小動物のようにモグモグと口を動かす。

うまそうに食べるその姿は、本当にかわいい。

それはいいのだが……。

（つーか、本当によく食うな……）

オレが自分の命の代わりに献上したのは、このカップラーメンだけではなかった。

つい先ほど、命の取り引きをしたあとの話だ。

オレは車のテールドアを開けて、おいしい水のペットボトルと、電気ケトルを出してお湯を沸かした。

え？　電気ケトルを電気もないのにどうやって使ったって？

ふふふ。説明しよう！

我が愛車、その名も【九菱《きゅうびし》自動車　アウトランナーＰＨＥＶエボリューション】。

ポイントは、「ＰＨＥＶ」というところだ。

いわゆる電気自動車というジャンルになるらしい。

特徴を箇条書きで書くと……
・三〇ｋＷｈという大容量バッテリーを積んでいる！

・走らないで自家発電して充電ができる！
・走行モードを切り替えれば、悪路にも強い！
……というような車で、ガソリン満タン時ならオレが家で普通に使う電気量を一〇日間は賄《まかな》えるらしい。

しかも車内には、一〇〇Vのコンセントがついている。

つまりこの車さえあれば、外で多くの家電が普通に使えてしまう。

とある事情で、車旅行という趣味に目覚めたオレは、腹が減った時に温かいものが食べられるよう、電気ケトル等のアイテムを積んでいたのだ。

一人分ならば、魔法瓶などよりも電気ケトルのが効率よい。

車の荷室《ラゲッジルーム》にある一〇〇Vコンセントに、電気ケトルのケーブルをつなぎ、沸かすまで一分で良いのだ。

用意の時間までいれても、カップラーメンなら合計五分もあればできあがってしまう。

しかし、キャラにはそれさえも長いようだった。

二〇秒も我慢できず、「まだか、まだか」と騒ぎだしたのだ。

お湯が沸いてから、さらに待つことをオレが伝えると、キャラの顔が急に殺気立った。

もう腹が減りすぎて、尋常ではいられなくなっている感じだ。

しかも、その手がナイフに伸びようとしていた。

命の危機を感じたオレは、しかたなく一緒に買っておいたコンビニおにぎりを身代わりにさしだすことにしたのだ。

「にゃ、にゃんだぴょん、その黒いの！」

しかし、コンビニおにぎりを見せた瞬間、キャラはちょっと身を退いた。

おにぎりに向かって、牙のように鋭い歯を少し覗かせながら、フーフーと低く唸《うな》る。

どう見ても、おにぎり……というより「黒い食べ物」を警戒している。

食文化が違うのだろうかと不安になる。

食べられない物だったら、やはりオレの命はないのだろうか。

オレは、怖々と説明する。

「こ、これは、コンビニおにぎり。黒いのは、海苔《のり》という食べ物だ」

「食べ物⁉　そんな黒いのに、本当に食べ物にゃぴょん⁉」

「おっ、おお。……しかも、うまいぞ」

「うまい⁉　……なら、食べる！」

「そ、そうか……」

怖いほど、説明は簡単だった。

おにぎりを受けとったキャラは、恐る恐る一口目を食べた。

するとクリクリとした眼が輝く。

「うまい！　うまい！　こんぴょにおにゃぎり、うまい！」

微妙なまちがいをしながらも、鮭《さけ》とツナマヨの二つのおにぎりをペロッと平らげてしまった。

そしてカップラーメンができたら、今度はヒーフーヒーフーと言いながらも、無我夢中で食べ始めたわけなのだ。

（異世界人でも、味覚は同じようなもんなのか……）

オレは、カップラーメンと格闘するネコ耳娘を見ながらも、そんなことを考えていた。

正直、「異世界」などと言っても現実味はない。

彼女が食事をとっている間に、周囲を見て回った。

摩訶《まか》不思議な動物もいなければ、スライムとか、そういう魔物もいない。

どう見ても、普通の森の中にいたのである。

ところが、カーナビを確認してみると、ＧＰＳを見失った状態ながら、場所は東名高速道路の足柄ＳＡ《サービスエリア》から動いていなかったのだ。

もちろん、足柄ＳＡ《サービスエリア》の裏手というわけでもない。

人工建造物も見えなければ、富士山や他の山々も見えない。

明らかに、違う場所だったのだ。

しかも、目の前に本物のネコ耳とウサギ尻尾をもつ獣人の女の子がいる。

（つーか、獣人というには……中途半端なんだよなぁ～）

改めて、キャラを見る。

なにしろ獣的なのは、耳と尻尾ぐらいだ。

ウサギのような体毛があるとか、ネコのようなヒゲが生えているとか、そういう獣人らしさがまったくないのだ。

どちらかというと、ネコ耳とウサギ尻尾のアクセサリーをつけ、ファンタジーRPG風にコスプレした女の子のようにしか見えない。

（つーか、やっぱ異世界なんだろうな……）

オレは、こんな状態なのに、自分が妙に落ちついていることに気がついた。

寝て起きたら、突然知らない場所にいたなんて、普通ならもっと大慌てしても良さそうなことだ。

ところが、オレはそこまでパニックに陥っていない。

最初は慌てたが、「異世界なんだ」と思ったとたんになんとなく受けいれることができてしまったのだ。

その理由は、もちろんある。

まず第一に、言葉が通じる話し相手――キャラ――がいること。

独りじゃない……それだけで、不安度はまったく違う。

第二の理由として、オレ自身がこの状態を願っていたということ。

あの世界から逃げて、別の世界にでも行きたい。

その願いが叶ったんだから、慌てる理由などあるはずもない。

さらに、最後の理由。

このことが予知……というよりも、予告されていた事だったのだ。

（あの住職の言ったとおり、アウトランナーがオレをオレの世界から外に、連れだしてくれたんだな……）

オレは会社を飛びだしてから、足柄ＳＡ《サービスエリア》に到着するまでにあった、不思議な体験を思いだしていた。

第五話：遠くに逃げようとしたら……

それは部長に叱られ、本部長に失望され、山崎に「謝れ」と言われたあとの話だ。

周りの態度にキレたオレは、悪魔の囁きに乗ることにした。

仕事の資料が詰まった自分のノートパソコンを勝手に持ちだし、まだ午後になったばかりだというのに、会社をこっそりと飛びだしてしまったのだ。

クラウドドライブにあるバックアップはかなり古い。

これは山崎たちが困ることまちがいなしだ。

そして、通勤に使っていた愛車に飛び乗った。

愛車――アウトランナーに乗りこむと、エンジンをかける……のではなく、電源スイッチを入れる。

すると、インジケーターが灯りだす。

動きだす、オレの城。

不思議と心が落ちついてくる。

この車を買ったのは、もう三ヵ月前。

きっかけは、何気なく手に取った車雑誌の特集記事だった。

その記事に掲載されていた一枚の写真に、オレは心を鷲掴《わしづか》みにされたのだ。

朝焼けに照らされる海。

その景観を背景に駐車している、黒いアウトランナー。

開いた後部ドア《テール》の荷室《ラゲッジルーム》に腰かけた、黒いロングヘアーの美女。

彼女にコーヒーカップを手渡している、やはり黒い服の男。

その横のキャンプテーブル上には、黒い挽《ひ》きたてコーヒーがコーヒーメーカーに蓄えられている。

コーヒーメーカーの電源ケーブルは、周囲の黒の中で一段と映える白。

その白は、美女の横を通ってアウトランナーの中に……。

穏やかな微笑を見せる美女。

満足そうな顔を見せる美男。

黒と朝焼けの赤のコントラストが、まるで絵画のように二人とアウトランナーを彩っていた。

気になる女性を連れだして、こんなシーンを再現してみたい。

衝動的にそう感じたオレは、その日のうちに販売店に行って、そのまま車の購入契約をしてしまった。

高い買い物だったが、働き始めてからこれといって趣味もなく、貯金ばかりしていたのが役に立った。

その資金を頭金にローンを組んだ。

ローンの支払いは正直きつい。

だけど、これであのかっこいいシーンを再現できるならと、ワクワク感でいっぱいだったのだ。

ところが、いざ納車されてみると重大なことに気がついた。

あのシーンを再現するには、そもそも一晩つきあってくれるような女性が必要なのだ。

オレには、そんな女性はいやしない……というか、いればそもそも、こんなことに憧れやしないのだろう。

結局、購入してから三ヵ月経過した今、アウトランナーの主な使い道は通勤車である。

別に電車で今までどおり通《かよ》っても良かったのだけど、せっかく購入した車なんだから使いこみたいではないか。

幸いにも、会社にあった電気自動車の充電設備つき駐車場は、誰も使わず空いていたので、他の利用者がでるまでは使わせてもらえることになったのだ。

おかげで、ガソリン代が非常に安くすんでいた。

ただし、通勤はあくまで主な使い道だった。

オレはアウトランナーで、同時にちょっとした趣味（？）を始めていたんだ。

いわゆるドライブ、ぷち旅行である。

主に人気《ひとけ》のないところに行って、わざわざ車に積んだコーヒーメーカーでコーヒーを淹《い》れて飲むのだ。

もちろん、独りで……だけど。

美女の同乗はなかったけど、これはこれでなんとなく楽しかった。

特に会社で嫌なことがあった時は、その気分をもったまま家にまっすぐ帰りたくなどない。

金曜日の夜ともなれば、「今日は帰らなくていい」という解放感から、帰るのが面倒になり、疲れるまで適当に走って、近くの駐車場に車を駐めて、そのまま朝まで車で仮眠するようになった。

あとで知ったが、そういうのは【Ｐ（駐車場）泊】とか、【車中泊】とか言うらしい。

ただオレの場合は、きっとそんな楽しそうな言い方は似合わないのだろう。

わかっているのだ。

オレのそれは、単なる逃避だということを。

オレにとって、車は逃げ場所なんだろう。

うるさい両親も、できのいい兄貴も、むかつく上司もいない。

いつでも、どこへでも、逃げられるオレだけの世界。

だから今回も、オレは会社からアウトランナーで逃げだしたんだ。

しかも、今回は戻るつもりはない。

もうどうでもいいという、すべてを捨てた解放感。

なんて晴れ晴れとした気分だったことか。

その気分のまま、どこかで高速に乗って、適当に遠くまで行こうと思っていた。

車で自由に、誰も知らない場所に行きたい……そう思っていた。

「……あれ？　なんで？」

ところがオレがたどりついた場所は、実家の町外れにあった寺だった。

なぜ実家の町に戻ってきてしまったのだろう。

高速に乗ってまずは飯を食うために、カーナビでＳＡ《サービスエリア》を指定しておいたはずだ。

それなのに、高速道路にさえ乗っていない。

木々に囲まれた道の突き当たりには、【九鬼寺《くがみでら》】と書かれた古びたでかい木製の表札が見えている。

その向こうには、長い階段がまっすぐと、小さな山の上まで延びている。

かなり、大きい寺のようだ。

それだけにおかしい。

これだけ大きければ、地元でもそれなりに有名な寺になっていておかしくない。

しかし不思議なことにオレは、この寺の存在を今まで知らなかった。

それどころかこんな山があることさえ、知らなかったんだ。

この町には、生まれてからずっと住んでいるというのに……。

いや。そもそもここは、オレの実家の町なのか？

「こんにちは。旅人殿」

オレが車を降りて呆然《ぼうぜん》とその寺へ続く階段を見ていると、唐突に声をかけられた。

周囲には、誰もいなかったはずだ。

しかし、横を見ると数メートル先に袈裟《けさ》をかけた住職らしき者が、まるで最初からそこにいたように静かに立っていた。

双眉も双眼もきれいに弓形の老僧の表情は、まるで笑顔の仮面をかぶっているかのようだ。

しかし、その笑顔に妙な迫力がある。

背筋はピンと伸びているが、それほど背が高いわけでもない老人。

それなのに威圧感があり、オレは体が動かなくなるような感覚に襲われた。

「おやおや。何か悩みがあるようですね。拙僧に話してみませんか？」

老いている見た目に反してかろやかな声。

不思議な感覚だった。

いきなり現れた怪しい老僧など、怪しんで警戒するべき相手のはずだ。

なのにオレの口はなんの抵抗感もなく、うながされるまま仕事の不満をもらし始めたのだ。

もちろん、自分の恥部をそのまま赤の他人に晒《さら》すバカではない。

オレはオレの都合の良いように、オレが思うように物語った。

「つーかさ、周りがオレのペースについていけない、ということじゃないかと思うんだ」

思いつくまま話したので流れを覚えていないが、オレはそんな結論めいたことを最後に言っていた。

住職はそんなオレの話を笑顔でうなずきながら、「なるほど」と聞いてくれていた。

「それはしかたないのですよ。【マイペース】は、あなたの性質……いや、特性《アビリティ》なのですから」

「特性《アビリティ》って、ゲームキャラかってーの。……でも、そうだな。アニメやゲームみたいに、オレの特性《アビリティ》を生かせる異世界にでも行けたらいいんだけどよー」

「ああ。異世界ですか。あなたなら行けますよ。絞ればね」

住職の意味不明の言葉に、オレは返事を悩んで口を動かせなくなってしまう。

……違う。

そこから意識が朦朧《もうろう》としはじめ、口が動かせなくなり始めたのだ。

ただ住職の声だけが、心の中に沁《し》みるように広がっていく。


——あなたは非常に珍しい、【時空間遷移適合者《シフター》】なのですよ。

そうですねぇ。

ファンタジーゲーム風に言えば、【異界召喚士】と言ったところでしょうか。

あなたは、自分のいる時空間に、別の時空間を遷移させ、自分を適合させる能力があります。

その後、【世界の意志】は、歪《ゆが》みを修正しようと、あなたごと時空間のつじつま合わせをするように同期してしまう。

結果、あなたは異界の住人となる。

それは未来に現れる万能と呼ばれる異能力者でさえ、もてない力。

……ああ。よくわからないですかね。

説明は余計でしたな。

とにかくあなたの力は今、制御できずに分散している。

しかも、魔力ももてない体になっていますしね。

だから、今のままでは力は発動することがないでしょう。

そこで私が、条件を絞ってあげましょう。

条件付けすることで、力は集中しやすくなるのですよ。

それに、その【狐《きつね》使い】たちが術を施した車があれば、問題なく行けるでしょう。

……さあ。

これであなたは、時空の「外」を走ることができるようになりました。

ああ。お代はそのうち、いただきますがね――。

第六話：異世界に行っちゃいました。

気がついたら、オレは東名高速道路に乗って、夕方ぐらいに足柄Ｓ Ａ《サービスエリア》に着いていた。

気がついたら……というのは変な言い方なのだが、Ｓ Ａ《サービスエリア》までの道のりがまったく思いだせない。

運転してきたことはまちがいないのだが、あの住職と話したあとの記憶があいまいなのだ。

それなのに住職が最後に言っていた、世迷い言のような言葉だけはしっかりと記憶に残っていた。

（つーか、シフターとか異界召喚士とか、あの住職はアニメの見過ぎなんじゃねーかね）

などと考えるものの、オレの心のどこかに、それを笑えていない自分がいる。

しかし、考えてもわからないことは、考えない方が精神的に楽だ。

そういうわけで実害のない面倒なことを捨てておき、オレはとりあえず早めの夕飯を食うことにした。

なにしろ昼からあの騒動で、飯を食っておらず腹ぺこである。

オレは車から降りると、Ｓ Ａ《サービスエリア》にしては珍しい二階建ての横長な建物を眺めた。

（ここなら、うまそうな物がいろいろありそうだしな……）

足柄Ｓ Ａ《サービスエリア》は、このあたりでは大きいＳ Ａ《サービスエリア》で、前々から来てみたいと思っていた場所だ。

ただ、それなりに遠いため、会社帰りに日帰り予定で来ても、ゆっくりできないし酒も呑めない。

そこで【車中泊】を活用するのだ。

ＳＡ《サービスエリア》や道の駅での長期にわたる宿泊行為などは禁止されている。

それに道の駅などは特に、その地域の活性化を目的としているため、単に寝泊まりするだけのために利用するのは趣旨に反する。

しかし、おいしい物を食べたり、観光したりして、その場所に金を落とすついでに、休憩したり、アルコールが抜けるまでゆっくりしたりするならば趣旨に反しないはずだ。

もちろん、絶対に宿泊禁止とされている場所はダメだが、そうでなければホテル等に泊まらずに宿泊費を浮かせられるだけではなく、チェックイン・チェックアウトの時間にも縛られない、この旅行方法はすばらしい。

車で好きなところに行って、好きなスケジュールで旅を楽しむわけだ。

特に初心者にお勧めなのは、高速道路の観光的要素の高いＳＡ《サービスエリア》だと思う。

下手な駐車場で車中泊すると、防犯上の危険が高い場合があるからだ。

一度、あまりに眠くて、とある公園の駐車場で仮眠しようとしたのだが、いきなり知らない男に窓を覗きこまれたことがあった。

あとで知ったのだが、車中泊している車から物を盗む事件なども結構あるらしい。

その点で高速道路のＳＡ《サービスエリア》は、ふらっと入ってこられる場所ではないところが多い。

危険がないとは言わないが、人気のないそこらの駐車場で寝るよりはよっぽどいいはずだ。

それから大きめのＳＡ《サービスエリア》には、「ドッグラン」設備のある場合が多く、そういうところは狙い目だと思う。

オレも最近まで知らなかったのだが、犬の運動場たる「ドッグラン」があるところには、車中泊をする車が多く集まるのだ。

ペットと旅行をしたいが、ペットが泊まれる施設は少ない。

そこで車中泊を利用して、ペットと遊びに来ている人たちもけっこういるのだ。

実際、この足柄ＳＡ《サービスエリア》にも「ドッグラン」があり、キャンピングカーや車中泊しているであろう車がたくさん見られた。

やはり、同じ目的で来ている人が多いのは心強い。

車を駐める時、オレも周りにその手の車が多いところを狙うことにしている。

ただし、あまりに混んでいるＳＡ《サービスエリア》は、避ける方がいいだろう。

（とりあえず、腹減ったな。まずは甘い物でも……）

ＳＡ《サービスエリア》の建物内に入って、まず買ったのは、「鬼まんじゅう」という名古屋名物の食べ物だった。

しかし、名古屋か。

いくら東名高速道路とは言え、名古屋名物は早すぎるのではないだろうか。

見た目は、なんともデコボコしている尖《とが》ったデザインだ。

店の人に聞いたら、砂糖と薄力粉の生地に、角切りのサツマイモを混ぜて蒸して作っているのだという。

その形は浅間山の方にあった、鬼押出しの岩を想像させた。

（まさか……鬼つながりか？）

甘さはそれほど強くなく食べやすい。

普通のサツマイモが、少し甘くなった感じだ。

ただ、けっこうお腹にたまってしまう。

つーか、わっぱ飯とかも食べてみたかったのだが、鬼まんじゅうを全部食べたら、とても入りそうになくなってしまった。

しかたがなく、今回はあきらめだ。

ちなみに、わっぱ飯の「わっぱ」は、檜《ひのき》や杉製の薄板を曲げて作った円筒形弁当箱のことらしい。

それにご飯を入れて、上に鮭とかいくらとかのせて蒸した郷土料理だ。

ここのサービスエリアでは、しらすや桜エビがのった物がメニューにあった。

うん。やはり食べたいので、気が向いたら明日の昼飯にでもしようと思う。

（まあ、もともとは新潟の郷土料理だから、無理してここで食べなくてもいいんだけどね……）

それから、コンビニがあったので、朝飯用にとおにぎりを二つほど、あとはちょっと食べる用にロールパンを二袋ほど買っておいた。

あと水を二リットルのペットボトルで三本追加。

水さえあれば、すでに用意ずみのコーヒーも飲めるし、ココアも飲めるし、みそ汁も飲めるし、カップラーメンも食べられる。

これでしばらくは食事処がなくても困らないだろう。

一通り買いだめしたオレは、ここで風呂に入ることにした。

足柄ＳＡ《サービスエリア》は、このあたりでは珍しい風呂のある施設なのである。

しかも、「あしがら湯」という名前で、金時山《きんときざん》が眺望できる展望風呂まであるらしい。

シャワーがある施設は結構あるが、こんな風呂があるＳＡ《サービスエリア》は少ない。

このことも、足柄ＳＡ《サービスエリア》が車中泊するのに人気である要因だった。

ただし、お風呂は期待したほど大きくもなく、夜だったので眺望を楽しむこともできなかった。

（つーか、風呂に入れただけマシだけどな……）

飯も食ったし、汗も流してすっきりした。

もうあとは、買っておいた缶ビールでもグビグビと楽しんでから車で寝るだけだ。

車で来ているのに、酒を呑んでしまえるのは帰る必要がない車中泊のいいところだ。

もちろん、呑みすぎはダメだけどな。

アウトランナーの駆動用バッテリーは、急速充電をすませてある。

ガソリンも先ほど入れたから満タン。

これで寝る時に肌寒くて電気毛布を使っても、朝までバッテリーが切れることはないだろう。

明日は朝になれば、富士山が見えるはずだ。

それを見ながら、熱々のモーニングコーヒーで英気を養おう。

考えただけでも、オレの気分が高揚する。

明日は金曜日だけど、もちろん仕事になんて行かない。

もう、あんな仕事なんてどうでもいい。

オレは、しばらく旅をして力をためるんだ。

気楽に車中泊して、おいしい物を食べて、温泉に入って……そんな旅は、きっとオレに力をくれる。

そして充分に力がたまったら、オレの力が十分に発揮できる、オレにあった仕事を今度は探すことにしよう。

単に今の仕事はオレ向きではなかったということだ。

仕事が悪い。

そう考えながら、オレは眠りについた。

次に目を覚ました時、オレはあの住職が言っていたことが世迷い言ではないと実感した。

なにしろこうして、よくわからない場所でネコ耳ウサギ尻尾の女の子と過ごしているのだから。

第七話：怪我したネコウサ娘を……

「ごちそうさま！」

異世界にも「ごちそうさま」があるんだと思いながら、オレはとりあえずカップラーメンの入れ物を受けとった。

そりゃもう見事に、スープも一滴残らず飲み干している。

まあ、とりあえず車中泊の基本なので、ゴミは持って帰ろうと、二重にしたビニール袋にしまいこんだ。

「ところでさ、なんで日本語わかるの？」

満腹で幸せそうな顔のキャラに、オレは非常に基本的なことを質問してみた。

どう見ても、彼女は日本人には見えない。

肩まで届く琥珀色の髪、薄いながら褐色の肌はともかく、少し赤系の瞳、さらに牙のような鋭い歯まで生やし、ネコ耳とウサギ尻尾まである日本人は、少なくともいないだろう。

見た目そっくりならば、秋葉原に行けばいそうだけど。

「にゃほんご？　なにそれ？　わからないけど？」

「つーか、オレと話してるじゃん！」

「ん？　ん？　……話してる、うん」

「日本語で話してるじゃん！」

「ん？　話しているのは、いわゆるオバ・ザ・クセン語」

「おばさんくさい語？　どこの国の言葉？」

「オバ・ザ・クセン語。同盟系はみんな、これ」

「同盟系？」

「うん。【黒の血脈同盟国】」

「……黒の血脈って……つーか、ここどこよ？」

「ここ？　第十位盟主国【ヘミュン】の端の方」

「どこやねん、それ！　……って、オレ、そのなんとか語を話してるの？」

「オバ・ザ・クセン語、話してるぞ？」

「……マジで？」

「なに言ってるんだ、オマエ？」

キャラに奇異な目で見られるが、むしろオレがそんな目でオマエを見たい。

だが、たぶん「奇異」なのは、オレの方なのだろう。

なにしろ、まちがいなく、オレの方が来訪者なのだから。

「なあ、ところでさ——」

「——ぬぬぬっ⁉」

突然、彼女は自分が座っていた、荷室《ラゲッジ》マットをポンポンと叩《たた》きだした。

そして、低く唸りながら車内の内装をキョロキョロと観察しはじめ、ボディのあちこちをノックするように叩きだす。

——コンコン

——コンコン

——コンコン

一通り叩いたあと、彼女はワナワナと震える口を動かしはじめる。

「にゃ、にゃぴょん⁉　こ、この小さな建物、不思議な材料、使ってる⁉」

「今さらかよ！」

「腹減ってて、気がつかなかった！」

「脳と腹が直結しすぎだろうが！　それに建物じゃねーよ。乗り物だよ。車だよ、く・る・ま」

「にゃぴょん⁉　これが、車⁉　かっこ悪い！」

「なんだと、こんちくしょう！」

「そういえば……これ……」

「電気ケトル？」

「火もないのに、お湯を沸かした！」

「つーか、これも今さらかよ！」

「しかも、あっという間に、お湯にした！」

「その『あっという間』も、腹ぺこを我慢できなかっただろ、オマエは……」

「こんな……こんな魔法の道具、持っているなんて……」

まるで恐れるようにネコ耳を倒し、上半身を退いて片手で口を押さえてみせる。

「オ、オマエ……何者⁉」

「散々、オレから飯を奪っといて、今さら慄《おのの》くな！」

こいつのマイペースさの方が、オレには恐ろしい。

だが、まあ、確かにまだ自己紹介もしていなかった。

「オレが何者って言われても……。説明しても理解してもらえるかなぁ。……よーするに、ここと
は違う別の遠い世界からやってきたというか……」

「ああ。異世界から来たのか」

「理解早っ！　つーか、いきなり冷静になっているし！　異世界って知ってるのかよ！」

「うん。この前、異世界から来た人と話した」

「えーっ⁉　オレ以外にもいるの⁉」

「うん。まあ、こんな変な車、乗っていなかったけど」

「変じゃねぇよ！　つーかそれならその人に会わせてくれよ！　帰り方を教えてもらうから！」

「その人も帰れないって言っていた。異世界に行くのは、もの凄く難しいと言っていた。すごい力がいるって」

「……え？　そうなの？　オレ、寝て起きたら、こっちに来ていたんだけど……」

「オマエ、器用だな……」

「簡単な単語になったな、オレのすごい力……」

「それに、キャラは仕事があるから戻れない」

「仕事？」

「そう。仕事。キャラは配達人」

そう言いながら、彼女は腰につけていた小さなポーチをポンと叩いた。

横二〇センチぐらい、縦は一〇センチぐらいしかない。

しかし、ベージュの革製のようで、なかなか丈夫そうに見えた。

「この中の書状を期日までに届ける。それが仕事」

「……それがなんでまた、腹ぺこで倒れてたんだ？」

「時間を短縮しようと、近道をした。でも、そこは魔物がでる場所だった」

「魔物……スライムとかそういうの？」

「スライム？　それは知らないけど、襲ってきたのはリビングデッド」

「リビングデッド……って、ゾンビじゃん！　そっちのが怖いじゃんか！」

「ゾンビ？　よくわからないけど大丈夫。たぶん、こっちには来ない。たくさんいたけど」

「たくさんいたのか……」

「キャラは足が速いので、なんとか逃げられた。でも、とっさに襲われたので食べ物の入った鞄《かばん》、落としてしまった」

「なるほど……」

「さて。世話になった。もう行く」

そう言うと、キャラは荷室《ラゲッジルーム》からピョンと飛び降りる。

とたん、「いたっ！」と左足を押さえて、前屈みにする。

顔が苦悶《くもん》で歪んでしまっている。

「ど、どうした？　足か？　ブーツ、脱いでみろ」

オレは問答無用で、彼女の左のブーツを脱がす。

その間も痛がっていたが、それもそのはずだった。

踝《くるぶし》の上あたりがひどく腫れ上がっている。

「これ、足首、くじいたんじゃねーのか⁉」

「へ、平気。これぐらい……」

「平気なわけねーだろうが！　つーか、とにかくちょっと、そこに座ってろ！」

オレはキャラを荷室《ラゲッジルーム》に座りなおさせた。

第八話：同乗させて……

どうやら、キャラは左足首を捻挫しているようだった。

と言っても、オレは医者じゃないのでよくわからないが、骨が折れたとか、ひびが入ったとかなら、たぶんこんなものではすまないだろう。

冷やした方が良さそうなので、とりあえずタオルを濡《ぬ》らして巻いてみた。

それから、もう一枚のタオルを鋏《はさみ》で切って縛り、巻いたタオルを固定した。

タオルは、分厚すぎて縛りにくい。

というより、固定方法とかよくわからないから、何度もやり直したせいで、かなり時間がかかってしまった。

でも、文房具箱に入れておいた鋏があって良かったと思った。

うん。今度からは、救急箱でも入れておいた方がいいかもしれない。

オレはスマホを取りだして、車中泊グッズ購入予定のメモに「救急箱」を追記しておいた。

「ありがとう。でも、大げさ。ブーツ、履けない。これじゃ走りにくい」

「つーか、走るんじゃねーよ。腫れてるんだぞ！」

荷室《ラゲッジルーム》に座ったまま、不恰好《ぶかっこう》になった足を見て、キャラは頬をふくらます。

彼女の脚は、非常に引きしまっていて少し筋肉質だった。

たぶん本気で走ったら、オレよりも速いだろう。

だからと言って、さすがに踝がわからなくなりそうなぐらい腫れている足首で走れるわけがない。

「でも、このままじゃ間にあわない」

「つーか、もう夕方じゃん。このあたり、真っ暗で走れねーんじゃ？」

周りは、そろそろ闇に呑まれ始めている。

この世界に来た時は、朝だと思っていたが、どうやら夕方だったらしい。

怪我をした足で、こんな薄闇の中を進むなんて危なくてしょうがない。

「だからこそ、急ぐ。この森、夜になると魔物がでる」

「えっ⁉　……マジで？」

「マジ」

「つーか、それヤバイよね？」

「ヤバイ」

オレは、思わず見まわす。

薄暗くなってきた森の中は、非常に不気味だ。

まばらにある木々の間から、ひょこっとゾンビが顔を出す……そんなことを想像してたら、気が気ではなくなってきた。

とはいえ、どこか冷静な年下の女の子の前で、あたふたとするのは恥ずかしい。

なんとか、平静を保とうとする。

大丈夫なはずだ。

オレは、男だ。

「ふ、ふ〜〜〜ん……。ヤ、ヤバイのかぁ……。と、とところでさ。そ、そそ、そのなんだ……こう……逃げ道とか、ど、どっちかな〜？」

全然、平静を保てていない。

「この、かっこう悪い車で逃げるのか？」

「かっこう悪い言うな！　かっこいいだろ！　こいつのいかつい顔！」

「……この開けた道、まっすぐ行けば森を出て、けっこう安全なはず」

「話を聴けよ！　……つーか、ここ、車で通れる⁉」

「たぶん」

そう言うと、彼女はしゃがみこんだ。

そして、地面の一部のくぼみを触る。

「うん。小型だけどフレイムドラゴンの足跡。たぶん、ここドラゴンロード。なら、この車の幅ぐらい問題ない」

そのキャラの説明に、オレは非常に嫌な予感を抱く。

「……ドラゴンロードって、ジャッキーの映画じゃないよね？」

「なにそれ？　ドラゴンロードは、ドラゴンがよく通る道」

「よ、よくお通りになられるんですか……」

「うん。フレイムドラゴンは夜行性。そろそろ獲物を求めて、この奥からここを通って出てくるはず」

「そ、そのフレイムドラゴン様は……ゾンビより怖い？」

「見つかったら、まず死ぬ」

「そ、そうか。……つーか、やっぱり、この車より大きいのかなぁ～？」

「でかい。だから、道幅は安心」

「別の意味で安心できねーよ！」

すでに、メンツを気にしている場合ではない。

もうすぐ日が暮れそうだ。

だけど、逃げるにしてもナビは動かないし、そもそも動いても「魔物がでない安全地帯はこちらです」など、ナビできるわけがない。

そうなれば、頼れるのは目の前にいるネコウサ娘しかいない。

「取り引きしようぜ」

「うん？」

オレの言葉に、キャラがネコ耳をピクピクと動かし、クイッと首をかしげる。

「オレが車で運んでやるから、道案内してくれ」

「別に運んでもらわなくていい。キャラのが速いし」

「だって怪我してるじゃん！　さすがにアウトランナーのが速いって！」

「あうと？　よくわからないけど、道はデコボコで車輪がはまる」

「大丈夫！　このぐらいなら余裕！　つーか、４ＷＤなめるな」

「……よん？」

「とにかく、大丈夫だから！」

「でも……。これ馬とかいないけど、蒸気とかいうので動く？」

「蒸気じゃなくて電気だ。つーか、蒸気機関あるんだ？」

「でんき？　よくわからないけど蒸気とかうるさいから、ドラゴンが追いかけてくるかも」

「大丈夫！　電気はマジ静か！　マジいける！」

「でも……」

「よーし、わかった！　オレも男だ！　正直に言おう！　……怖いので、一緒に来てください！」

深々と、それはもう深々と頭を下げるオレ。

オレの男らしい迫力（？）に、キャラがビクッと身を退く。

「わ、わかった……」

「よーし！　取引成立！　オレの車に同乗させてやろう！」

「……アウト、いきなり偉そうだな」

「アウト？　……ああ。ちげーよ。アウトランナーは、この車の名前だ」

「ん？　なら、オマエはオマエでいいか」

「待てや！　オレの名前はオマエじゃねーし！」

「じゃあ、名前は？」

「あ、うっ……お……【大前　現人《あらと》】」

「なんだ、オマエじゃないか」

「ちげーよ！　お・お・ま・え・だ！」

「そうか……【オマエ　アウト】か」

「そんな『ダメだし』みたいな名前で呼ぶな！」

第九話：森を抜けたら……

助手席にキャラを乗せて、アウトランナーをゆっくりと走らせた。

最初は、さすがにキャラも大興奮だった。

「にゃぴょん⁉　この椅子、温かい⁉」

「シートヒーター入れておいたからな！」

「にゃぴょん⁉　光、すごい！」

「ヘッドライトはＬＥＤさ！」

「にゃぴょん⁉　本当に蒸気よりすごい静か！」

「だろ、だろ、だろ？　ＥＶの勝利だな！」

そして、オレも大興奮だった。

自分としては、かなり高い車を買ったのに、この車に誰かを乗せたこともなければ、購入を自慢したことさえない。

そう。オレは、ずっと自慢したかったんだ。

だから、キャラが褒めてくれるのは非常に嬉しかった。

オレの説明は通じていないだろうが、ちょっとの間はドラゴンの恐怖も忘れて車の話をしていた。

しかし、そのうち文句を口にする。

「でも……やっぱり遅い……」

「つーか、こんな道で速度出せねーよ！」

あれからすぐに、夕闇が襲ってきた。

フレイムドラゴンが来る前に、森を抜けて、この先にあるという平原に出たい……ところなのだが、照明はハイビームにしたヘッドライトの明かりだけ。

本当に真っ暗なのである。

そんなにスピードがだせるわけがない。

幸い、道の悪さはアウトランナーにとって問題があるものではなかった。

悪路を走れるモードにして進んでみたが、スリップもスタックもせずに順調に進んでいく。

「あっ！　あそこ、出口」

二〇分ぐらい走っただろうか。

キャラが指さす先が開けていたので、オレは速度を上げて一気に森を抜けた。

「よっしゃー！」

「にゃぴょん！」

森を抜けると、そこは広々とした平原だった。

地面も森の中と比べれば平らで、非常に走りやすくなっている。

オレは、アクセルをもう少し踏みこんだ。

「にゃぴょん！　速い！」

「つーか、そう言っただろ！」

速度は、時速六〇キロぐらいはでている。

もちろん、もっとスピードはだせるが、あまりだすとエンジンが動き始めてしまう。

今は静かに、そしてすばやく移動しなければならない。

「——んっ⁉」

遠くで奇妙な鳴き声が聞こえた気がした。

喩えるなら、甲高いライオンの声とでも言えば良いだろうか。

横でキャラが、「フレイムドラゴンの鳴き声」と教えてくれた。

「でも、ここまで離れれば安全。本当に速い。もう目の前に次の森が見えた」

確かに彼女の言うとおり、目の前には新たな大きな森の影が、どんどんと迫ってくる。

ただ、脱出した森と違い、見るからに鬱蒼《うっそう》としている。

たぶん、アウトランナーが走れそうな、森を突き抜けられる道などないだろう。

「横から回るしかない。だけど、今は夜だから森の近くに行くのは危険」

「この平原は平気なのか？」

「ここはわりと平気。大きい獣もほとんどいない」

そう言われて、オレは車を停めた。

そして、ヘッドライトを消してみる。

フロントガラスから先が、すっかり闇の中に沈む。

その満天には、星が輝きだす。

見上げた星空には、見覚えのある星座はない。

だけど、その美しさは、オレの世界の物と変わらない……いや、もっときれいだった。

「つーか、すげぇ……。星がこんなに……」

「うん？　星なんて、どこでもたくさん見られる」

「そうか。そりゃすごいな……」

「すごいの？」

「すごい！」

「……ふ～ん」

怪訝《けげん》な声でうなずきながらも、キャラは腰につけたポーチを探りだす。

そして、小さな瓶を二つほど取りだした。

真っ赤と真っ青の対照的な液体が、それぞれに入っている。

「なにそれ？」

「獣の嫌いな臭いと、魔物よけの聖水。念のため、この車の周りに撒《ま》く」

「おお。それ撒くと魔物も来ないわけ？」

「ドラゴンとかには効かない。弱いのは来ない。用を足すなら、この液体を撒いた中で」

「用？　……ああ、用ね。はい」

つまり、トイレだ。

実は車中泊する時に、一番大事なのはトイレの確保となる。

トイレがついているキャンピングカーならまだしも、普通の車で車中泊する場合は、駐める場所に二四時間使用できるトイレがあることも事前に確認しなければならない。

高速道路のサービスエリアや道の駅などなら、その点はまず問題がない。

しかし、この異世界にそんなものがあるわけもなく、外でするのも致し方ないことだろう。

「というわけで……これ」

キャラは、オレにタオルをさしだす。

車のトランクに積んであった物をいつの間にか持っていたようだ。

「これ、どうするの?」

「車の中で目隠しする。いいと言うまで、そうしていなければ……」

「わ、わかってる! ナイフに手をかけるな!」

このあと、ちょっとアウトランナーの遮音性の高さを初めて残念に思った。

が、その思考が変態っぽいと気がつき、慌てて否定するのだった。

(つーか、中も外も静かな車はすばらしいんだ! ……うん!)

目隠ししながら、そう思った。

第一〇話：異世界初車中泊。

車中泊で寝る時のポイントのひとつが、シートアレンジだ。

この場合のシートアレンジとは、車内の椅子を動かして、いかにフラットな寝る場所を作れるかということである。

オレの車【アウトランナー】だと、大きく分けて二種類ある。

ひとつは、前席の背もたれを倒して後部座席とつなげる方法。

これは後部座席の背もたれが後ろには倒れないため、脚を伸ばせるリクライニングソファーのような形になる。

全長も短いため快適とは言えないが、シートのクッションがそのまま使えるという利点がある。

もうひとつは、後部座席を前に倒して荷室《ラゲッジルーム》とつなげる方法。

これは非常に広く使えるし、ほぼフラットな空間を得られる。

ただ、荷室《ラゲッジルーム》の床はゴツゴツしている。

だから、何かしらマットのようなものがないと、寝心地が悪い。

普段はオレ一人が眠れれば十分なので、前者の方法で眠っていた。

そのため、マットなんて用意していない。

「と、いうわけで、この状態で寝てもらえるか？」

オレは助手席のヘッドレストを外し、背もたれを倒して後部座席のシートとくっつけた。

その即席ベッドに寝転がり、キャラは満足そうに耳をピクピクと震わせてから、ニッコリと笑う。

「うん。充分。というか普段は地面だから贅沢《ぜいたく》」

「つーか、地面って……痛いし、寒いんじゃねーの？」

「魔物に襲われた時、落としてしまったけど、本当は厚手の外套《がいとう》を着ている。それで丸まって眠る。場所によっては葉っぱとか下に敷く」

「それでいけるのか？」

「けっこう、いける」

「ふーん……」

さすがに、ネコウサ娘はワイルドだ。

だが、我がアウトランナーは現代世界の技術の粋《すい》を集めたスマートライフの車である。

ここは、ちょっとすごいところを見せてしまおう。

「ほら。これをかけて寝ろ」

「うん。……ん？　なんか、この毛布、紐《ひも》と箱がついてる？」

「ふふふ。スイッチオン！　よし。そのまましばらく待つが良い！」

「待つ？」

「うむ」

「…………」

「…………」

「…………」

「…………」

「……にゃぴょん⁉　毛布が温かくなってきた⁉」

「そう！　これこそ、科学の粋を集めた電気毛布！　少ない消費電力で効率よく体を温めてくれる！　たった八〇Wとは思えない温かさ！　しかも布団兼用だから荷物を減らせる！」

「うん。なに言っているかわからないけど、温かいのは良い」

もちろん、アウトランナーにもエアコンぐらいついている。

しかし、エアコンを入れると電気の消耗が激しくなり、蓄電量が減るとエンジンが動いてしまうのだ。

せっかく静かな車だというのに、一晩中アイドリング状態というのは嬉しくないし、周りにも優しくない。

さらにキャラ曰《いわ》く、この場所でうるさくした場合、魔物が寄ってくるかもしれないという。

そこで、一〇〇V電源がたっぷりとれるアウトランナーの特徴を活かした、消費電力の低い暖房器具の電気毛布が活躍するわけである。

「ああ。これ……いい！」

すっかり毛布に丸まり、ホクホク顔になるキャラ。

そういえば、ネコはこたつで丸くなるんだったなと思ったら、キャラにこたつを使わせたくなった。

アウトランナーなら、こたつだって動かせる。

「さて。オレも寝るか……」

椅子を倒し、オレも電気毛布を自分にかけた。

先に電源を入れておいたので、もうすっかり温かい。

外は少し冷えはじめているので、キャラではないが顔がほころんだ。

すると、毛布からひょっこり顔だけを出したキャラが、不思議そうに赤い瞳でこちらを見ている。

「おい、アウト……」

「アウトじゃねー。現人だ。つーか、現人さんだろう」

「さっき、アウトは『モテないから、いつも車で一人、さびしく寝ている』と言っていた」

「待てや。『モテないから』も『さびしく』も言ってねーぞ、こら！」

「なのに、なぜこの温かくなる毛布を二枚ももっているんだ？」

「頼むから、言葉のキャッチボールしてくれよ……」

「さびしさのあまりに作った、妄想彼女の分？」

「作ってねーよ！」

「だって、彼女いないはず」

「なーに決めつけてんだ、こんちくしょう！」

「いなさそうな臭いしている」

「えっ⁉　なに、その臭い⁉　どんな臭いなの⁉　つーか、くさいの⁉」

「加齢臭」

「してねーよ！　二六だぞ、オレ！」

「冗談」

「うぐっ……。つーか、これは敷布にもなるからな。あまりに寒い時は電気毛布サンドイッチになればいいんじゃないかと思って、二枚セットを買っておいたんだ」

「なるほど。アウト、頭悪そうに見えるが意外に頭いいな」

「アウトじゃねー！　つーか、やたらにオレをディスりやがるな、オマエ！　実はオレのこと嫌いだろう⁉」

「わりと……」

「うわ～、正直！」

「ところで、アウト」

「アウトじゃ……まあ、もういいや。なんだよ？」

「横に寝ているからって、エッチなことするな。したら……」

「わかってるよ。ナイフで――」

「『コンビニ《こんぴょに》おにぎり《おにゃぎり》』を要求する！」

「――って、おにぎりかよ！　それでいいのか⁉」

「なら、『カップラーメン《かっぴょらーにゃん》』も追加要求する！」

「……オマエ、わざとまちがえていないか？　つーか、ひじょーに悔やまれることに、もう両方ともないけどな」

「なら、アウトの命を要求する！」

「それもさしだす分はねー！　つーか、オレの命、おにぎりやカップラーメンと同列か⁉」

「そんな感じ」

「なんだと、こんちくしょう！　……くそぉ～。みてろよぉ～！　もし、オレが元の世界に戻れたら、コンビニおにぎりとカップラーメンを死ぬほど持ってきてやる！」

「……あ。それ、死亡フラグとかいうやつ」

「えっ⁉　死亡なの⁉　つーか、こっちの世界にも『死亡フラグ』って言葉あるの⁉」

「おやすみ」

「ちょっ！　会話しろよ！」

それでもオレは、車中泊グッズ購入予定のメモに「カップラーメンとコンビニおにぎり」を追記した。

第一一話：モーニングコーヒーと……

正面に広がる森、その向こうからの暁光《ぎょうこう》。

柔らかな日差しの熱を感じると、眠っていた体が覚醒していくようだ。

そして鼻腔《びこう》に吸いこんだコーヒーの香りも、頭を冴《さ》えさせてくれる。

最近、車でモーニングコーヒーを飲むようになってから、コーヒーがすごく好きになった。

こうやって開けっ放しの後部《テール》ドアの下に腰かけ、紅日《こうじつ》の中で飲むコーヒーがたまらなく良い。

本当なら、挽きたての香りをこの場で味わいたいぐらいなのだが、豆を挽くのはうるさい。

せっかくの静かな早朝に、ガリガリとやるのはさすがに気がひける。

だからオレは、挽いた豆を持ってきて、コーヒーメーカーでドリップすることにしていた。

今も、荷室《ラゲッジルーム》でコーヒーメーカーが、沸かしたお湯をコーヒー豆に少しずつ注いでいる。

ぶっちゃけ、電気ケトルがあるから、フィルタさえ用意しておけばコーヒーメーカーはいらないのだ。

しかし、電気ケトルよりコーヒーメーカーを先に買ってしまっていたので、せっかくだから使わないともったいないだろう。

（つーか、コーヒーメーカーを買った時に、まさか異世界で使うことになるとは思わなかったけどな……）

しかも、黒髪の美女の代わりに、琥珀色の髪をしたネコウサ娘と車中泊の朝を迎えるなど、誰が想像できようか。

彼女は、理想の美人タイプではない。

が、丸い輪郭が愛らしく、スタイルも良いかわいい女の子だ。

こんな体験をできただけでも、ラッキーだと思うべきだろう。

「――にゃぴょん⁉　なんかいい匂い！」

（ただ、食い意地がはってるんだよなぁ……）

「ん？　ん？　……おお。おはよう、アウト……むにゅ……」

相変わらず名前はまちがえられたままだが、垂れ下がったネコ耳と、寝ぼけ眼《まなこ》を腕でこする姿がかわいらしいから、とりあえず「アウト」は「セーフ」とすることにする。

「よう、おはよう。コーヒー飲むか？」

「う～ん……コーヒー《にゃあひぃ》？」

「……オマエ、絶対にわざとまちがえているだろう？」

「うにゅ～……。かぁちゃんに、『こうやってまちがえたフリすると、かわいいからモテる』と習った……」

「……かぁちゃん、やり手だな……」

オレはそう言いながら、ちょうどできあがったコーヒーを二つのコップに注ぐ。

ただし片方は少量にして、それを彼女にさしだす。

できたてで湯気が立っているが、熱くて飲めないほどではない。

それでもキャラは、またフーフーしながら一生懸命飲むのだろう。

そのシーンを見たくて、オレは少しワクワクする。

「ほれ……」

キャラは、まだ少し眼をショボショボとしながらも、後部座席の背もたれを器用に乗り越えて、荷室《ラゲッジルーム》に移動してくる。

「ふーぅ、ふーぅ……」

そしてオレのコップを受けとると、期待どおりに一生懸命フーフーしはじめる。

ネコ耳美少女のフーフー……たまらん愛らしさだ。

「ふーぅ、ふーぅ……」

「…………」

「ふーぅ、ふーぅ……」

「…………」

「アウト……」

「……ん？」

「ちなみに、こうやって『大げさにフーフーした方が、かわいらしくてモテる』とも、かぁちゃんから教わった」

「……うわあああぁぁぁぁぁぁ！　見事な作戦、授けやがって！　オマエのかぁちゃん、こんちくしょう！」

「ふーぅ、ふーぅ……」

「くっ……。オレの男心を弄びやがって！」

「……ということは、キャラをかわいいと思ったということか、アウト」

「なっ、なんという屈辱。一〇歳も年下の小娘に！」

「ふーぅ、ふーぅ……」

「…………」

「ふーぅ……。かわいいか？」

「べ、別に……」

「ふふん。……さて、いただきます。……アツッ！　しかも、にがぁ～い！」


——キューン！


コーヒーを飲めないその姿に、オレのハートは鷲摑みにされた。

慌てた様子に、顰《しか》めた顔まで愛らしい。

この表情の作り方も、もしやキャラかぁちゃんのレクチャーか？

ならば、キャラかぁちゃんの作戦は完璧だ。

しかし、オレはロリコンではない。

これはあくまで、子供を愛でる大人の愛情である。

本当である。

「アウト、これ苦くてまずい。こんなまずいのを喜んで飲むなんて、アウトはマゾか？」

「なんてこと言うんだ、貴様。異世界のコーヒー好きの皆さんに謝れ！」

「ごめん」

「……す、素直だな。つーか、これは大人の味だから子供にはわかんねーよ」

「キャラはもう大人。成人した」

「そうか。まあ、それはともかく、ちょっと貸せ」

オレはキャラから受けとると、用意していた秘密兵器をほんの少しコーヒーの中へ投入した。

「……その茶色い粉はなんだ？」

「非常に甘くおいしくなる魔法の粉だ」

「砂糖か？」

「ふん。そんな単純なもんじゃねーよ」

そう言いながら、オレはたっぷりの魔法の粉の上にお湯を追加して、スプーンでかき回す。

「魔法の粉……。そういえば、隣のオジサンが、『魔法の粉を使うと、夜の夫婦仲が円満になる』と言っていたが、それか？」

「……かなり違う」

「では、もうひとつ見せてくれた、『気分がハイになる』という白い粉の類か？」

「ちゃうわ！　つーか、もうそのオジサンと、縁を切れ！　子供に何を教えてんだ！」

「キャラは子供じゃない」

「ああ、わかった、わかった。つーか、そんなオマエにぴったりなの、作ってるから待ってろ」

そして充分に溶けたのを確認してから、温度を下げるために少しだけ水を足した。

かき混ぜたスプーンで一口、味をみる。

ほどよくできたのを確認して、オレはそれをまたキャラに手渡した。

「にゃぴょん!?　すごく甘い香りがする！」

「これぞ、簡単カフェ・モカだ。魔法の粉は、インスタントのココアだ。飲んでみろ」

「……！　にゃぴょん！　うまい！　カフェ・モカ《かぴょ・にゃか》、うまい！」

「そこまで無理に媚《こ》びんでよろしい。……まあ、甘いけど、少しほろ苦くて、ちょっと大人の味だろう？　本当は牛乳があると、さらにうまいんだけどな」

「……ふふふふふ」

「……どうした？」

「この味がわかるということは、キャラは大人の階段をやはり登っていたのだ」

「……そうか。良かったな」

今後も飲ますことがあれば、本当の大人の味を教えるため、コーヒーを少しずつ強めてやろうと、オレは心に誓った。

第一二話：ネコウサ娘の期待が……

朝は少し肌寒かったが、とりあえずダウンジャケットでしのげた。

キャラは、電気を切った状態の電気毛布を外套代わりにして丸まっていた。

アウトランナーのバッテリー残量はたっぷりとあるが、とりあえずそんな感じで電気を使わず過ごすことができた。

朝食は、先ほどのコーヒーと一緒に、買ってあったロールパンを数個ずつ口にした。

特にバターやマーガリンといった物はなかったが、キャラは柔らかさに驚きながら、「うまい、ロールパン《にゃーるぴょん》、うまい」とモクモクと腹に収めた。

その後、キャラに道を確認し、森を東南から抜けることになった。

実は、この世界にも東西南北の方位があった。

いったい、どこからどこまで、オレの世界と同じなのかよくわからない。

昨夜見た星座は、見たことがない気がした。

しかし、もしかしたら日本で見たことがないだけなのかも知れず、本当はオレの世界と同じ星座なのかもしれない。

……などと考えるが、オレは途中で面倒になって考えることをやめた。

オレの性根には、面倒くさい思考からは逃げる癖が染みついている。

「このペースなら、ぎりぎり間にあう……かも」

「ん？　もっとスピードだすか？」

助手席のキャラを見ずに、オレは尋ねた。

アウトランナーは、四～五〇キロ前後の速度で走っている。

舗装もされていないし、どんな道なのかもわからない。

この状態で、これ以上の速度は危険だと思ったのだ。

それに、あまり回すと電気がなくなり、エンジンが動く。

異世界でガソリンがなくなれば終わりだ。

少しエコに走りたい。

それにこのぐらいの速度だと、開けた窓から入る風が気持ちよかった。

よく、「空気がうまい」という言葉を聞くが、オレは今、初めて「なるほど」とその言葉に同意していた。

あちらの世界での嫌な毎日から、心が解放されていくような気分だ。

あとのことはどうなるか知らないが、できるならこのまま今を楽しみたい。

「うーん。最後の森は、車が入れないのが問題」

「回り道は？」

「こっちから見て、森は横長。かなり遠回りになるし、道が悪いから、この車でも無理」

「じゃあ、少しでも早く着いた方がやっぱりいいんじゃねーの？」

「今から多少急いでも、最後の森に着くのは午後。最後の森は広い。朝一に入らないと、森の中で夜になる」

「なるほど……」

「明日の朝に森に入れば、目的地には明日の夜に到着できる。期限、ぎりぎり」

そう言いながら、彼女はフロントガラスの先、遠く向こうをもどかしそうに見ている。

今にも走りだしそうなぐらい、全身に力が入っているのがわかる。

オレはそれを横目でうかがいながら、ちょっと苦笑してしまった。

もっと気楽にすればいいんだ。

せっかくなんだから、このおいしい空気でも、いっぱい吸いこんでのんびりすればいいじゃないか。

そんな風に思ってしまったから、ついオレは言ってしまう。

「別にいいじゃんよ。ちょっと遅れたって。怪我したんだし……」

「怪我は言い訳にならない。キャラのミス」

「だけどさ、魔物のいるところ走っていく危険な仕事なんだろう？　別に多少、遅れたってさぁ〜」

「危険は承知。その上で、約束している」

「仕事の口約束なんて、『すいませーん、ちょっと遅れちゃいました』でいいじゃんよ。仕事なんて、命かけるほどのことか？」

「……アウトは、約束を守らない人？」

「そーいうわけじゃないけどさ。納期なんて、どーにでもなること多いしさ。つーか、命のが仕事より大切だろうって話じゃん？」

「もちろん大切。でも、それと話は違う。命がけの仕事もある。……もしかして、アウトは仕事、嫌い？」

「……ああ。嫌いだね。金のため、生きるためにやっているだけだよ。つーか、仕事のやりがいとか言ってる奴らは、超幸せな奴らか、いいように会社に利用されている、頭にお花畑ができているバカだろう。上司は、えらそーに、あれやれ、これやれ言いやがって。客もうるせぇこと言うし。やればやったで文句ばかりじゃんか……」

言いながら、思いだしたくないことを思いだし、だんだんと気分が悪くなってくる。

思いだしたくないから逃げてきたというのに、モヤモヤした気分があとからあとから異世界まで追いかけてきた感じだ。

「……そうか。アウトはどこかに所属して働いているのか」

「まあね。……つーか、あれか？　キャラは命がけで仕事しちゃうってことは、仕事に生きがいを感じているタイプか？　良かったな。一六歳で天職が見つかってさ」

自分でもわかっていた。

嫌味っぽく、自棄《やけ》っぽくなっている自分の声色。

心のどこかで、「やめとけ」と声がするが、自制できそうにない。

だが、オレの口がまた滑りそうになる前に、キャラの今までよりも、さらに冷めた声が割ってはいる。

「キャラも今の仕事、別に好きじゃない」

その声色に驚いて彼女を見やると、一瞬だけ視線が合った。

だが、すぐ彼女は正面を向く。

もちろん運転中のオレも、すぐに視線を戻す。

顔を見ないまま、しばらくの間が空《あ》く。

そして、彼女はまた口を開き始める。

「キャラは頭も良くない。地位もない。法術《ほうじゅつ》の才能もない。ただ、体が丈夫なことと、足が速いことだけ。やれる仕事が、これしかなかった」

「……つーか、それなら、オマエも嫌々でやってんのか？」

「違う。やりがいを感じている」

「あん？　好きじゃないのに？」

「仕事にじゃない」

「……？」

「……アウトは、『自分は期待されていない』と思っているな？」

「――なっ!?」

キャラの言葉は鋭い棘《とげ》となり、オレの喉を一瞬で引っかき回し、そのまま腹の底まで入りこむ。

そしてそこに隠れていた、ふくれあがった風船を勢いよく破裂させる。

風船の中身は、不安と不平と、焦燥と嫉妬、そんなクソみたいな感情だ。

それに上司の顔、同僚の顔、親父の顔、兄貴の顔、そして年の離れた弟の顔までもが重なり、ぐちゃんぐちゃんに混じりあう。

喩えるなら、そいつは毒ガスだ。それが腹の中から逆流して口から出ようとしている。

「キャラの家は貧乏だから、一〇歳から外で働き始めた。でも、最初はなかなか仕事をもらえない。それは、誰もキャラに『期待していない』から。なんの才能もない子供なんだから、当たり前だけど」

「…………」

「仕事を頼む人は、相手に『期待』している。その『期待』に応えると、だんだんと『信用』が得られる。そして『信用』を重ねると、それは『信頼』になる。『信頼』を得ることで、今とは違う仕事ができる可能性も増える。新たな可能性、つまり『希望』になる。キャラは、それにやりがいを感じている」

「……ふん。随分と偉そうな三段論法じゃねーか。つーか、それなら訊《き》くけどさ、『誰からも期待してもらえない大人』は、どうしたらいいんですかね？　教えてくれよ、キャラ先生」

「それは、まちがっている」

オレの皮肉たっぷりの言葉にも、彼女は淡々と返事をする。

「アウトは、仕事をまったく頼まれないのか？」

「……そんなわけないだろう。どーでもいい仕事とか、よく頼まれてるさ」

「なら、多かれ少なかれ、期待はされている。期待をまったくしない相手には、何も頼まない」

「あのな〜。どーでもいい仕事じゃ、期待されてねーも同じなんだよ！　フラフラさせておきたくないから、てきとーな仕事をふってるだけだってわかんねーのか！」

「どんな仕事でも、少ない期待でも、それに全力で応える。それを重ねれば、最後は『希望』につな――」

「――うっせぇ！」


――ズサァァァッッッ！


擦れる音とともに、ホイールが土煙を上げて停止した。

オレの足が、ブレーキペダルをベタ踏みしているからだ。

無意識にアクセルを踏む足から力が抜けていたせいか、速度は大してでていなかった。

それでも不意を突かれたキャラは、勢いよく前のめりになり、慌てて手を前にして体を支える。

「――イタッ！」

その時、捻挫した足を痛めたみたいだが、オレは無視する。

「オレは……期待なんてされちゃいねー！」

腹からあふれ出た毒ガスを吐きだしながら、オレはアウトランナーの中で叫んだ。

車内中を震わすぐらいの大声は、我ながら子供の駄々のようだ。

でも、とめられなかった。

そして、いい大人のくせに、ムキになって一六歳の女の子を睨んでやった。

だが睨まれた彼女は、その視線を真っ向から受けてもひるまず、凛《りん》として言い放つ。

「……違う。期待していないのは、アウト」

「……なにぃ？」

「期待されたいなら、まず自分で自分に期待しないといけないと、ダメ。自分に期待していない人を周りは期待しない」

オレは自分でわかるぐらい、顔を真っ赤にする。

それは激怒か、それとも恥ずかしさなのか。

もう、なんだかわからない。

思考が沸騰して、まとまらなくなった。

「……降りろよ」

オレは吐き捨てるように言った。

「ガキがわかったようなこと言うんじゃねー。テメーが、オレの何を知っている！」

あとで考えてみれば、それはあまりにもありふれた、陳腐なセリフだった。

でも、もうそれしか、その時は思いつかなかった。

とにかく、こいつにどっか行って欲しい。

オレを見て欲しくない。

だからオレは目も合わせず、ハンドルに顔を埋めるようにしたまま「早くしろ！」と叫んだ。

「……わかった。世話になった」

キャラは、何も言い返さなかった。

それっきり黙って、彼女は素直にアウトランナーを降りていった……。

第一三話：力を与えてくれるから……

——つまらない。


その感情は、いつ生まれたのだろう。

たぶん、兄貴が入った高校に、オレが入れなかった……その頃から強くなった気がする。

オレを見る親の視線が変わった気がした。

兄貴の接し方が変わった気がした。

そこからだろう。

どこか、もう「終わった」という雰囲気を感じていた。

オレは、漠然と高校生活を送り始めた。

部活もやらなかった。

これといった趣味もなかった。

勉強も適当にしかやらなかった。

大学には行ったが、勉強よりも、友達に誘われるまま遊びに行った。

合コンにも、よく参加した。

彼女もできたことがあったが、一年ほどで別れた。

考えてみれば、それほど親しい男友達もいなかった。

漠然と生きて、漠然と他人と接していたオレなど、誰も面白いと思わなかったのだろう。

だから、彼女にふられた時に言われた言葉は、「期待はずれだった」という一言。

それは、心底言われたくなかった一言。

期待して欲しくなかった。

期待をされるのが怖かったから。

期待を裏切るのが怖かったから。

だから、期待されないようにしてきたのだ。

大学をでて就職をした。

半分、親父のコネみたいなものだった。

その職場でも、オレは漠然と仕事をしていた。

頼まれたことしかやらなかった。

そのうち、頼まれたことをやることさえ、ばからしく感じていた。

適当に、適当に……四年間ほど過ごしてきた。

もちろん、そんなオレが昇進するはずもなく、同期がプロジェクトを任されたり、リーダー職に就いている中で、オレだけが置き去りにされていた。


そんなある日。

オレは、仕事であのトラブルをおこしてしまったわけだ。

仕事をやらなかった。

それだけのことだと思っていた。

（でも、そうじゃない……そういうことじゃないんだ……）

オレはキャラが車を出ていく前から、ハンドルに額をつけたまま、顔を上げずに考えていた。

キャラの言葉には、腹が立った。

そして悔しく、恥ずかしかった。

だが、どうしてなのかわからなかった。

いや。わかりたくなくて、イライラとしていたのだ。

期待というプレッシャーに潰されたのは自分。

一度潰されてから、逃げていたのも自分。

立ち向かわず、何もやらなかったのも自分。

だけど、誰かに言って欲しい。


「オマエは悪くない」と認めて欲しい。

「オマエの言うとおりだ」と同意して欲しい。

「期待した奴が悪いんだ」とかばって欲しい。


でも、それを言ってくれる奴が、自分の世界にはいなかった。

それなら、別の世界なら……逃げてきた異世界なら、そう言ってくれる奴がいるのではないか。

だからこそ、オレはこの世界に来たのではないのか。

そう期待したっていいじゃないか。

そしてオレは、きっとキャラがそう言ってくれると、勝手に期待していたのかもしれない。

(うわあああぁぁぁぁ……。もしかしてオレ……最悪じゃねぇ?)

突然、冷静に自己分析してしまい、恥ずかしさに死にそうになった。

自分の思った通りのことを言ってくれないからと言って、怪我をした一〇歳も年下の女の子を怒鳴りつけた上に、追いだしたのだ。

しかも、もうすぐ夕方になり、これから危険になっていくというのに。

(…………)

オレはガバッと顔を上げた。

もうすでに、キャラは一〇〇メートル以上先の方を歩いている。

よくもあの腫れた足で、あのペースで進めるものだと感心してしまう。

と思っていた矢先、キャラが倒れた。

捻挫した方の足を押さえながら、なんとか苦労して立ちあがる。

そしてまた、まっすぐに歩み始める。
（……本当に最悪だ、オレ）
オレと違い、逃げずに戦っているキャラ。
ああ。そうか。
その背中を見て突然、わかった。
（逃げないって……こういうことなのか）
顔を前に向けた。
そして、アクセルを踏みこむ。
車は静かに前に進み始め、そしてあっという間にキャラの横に追いついた。
ゆっくりゆっくり並走する。
もちろん、いくら静かだとはいえ、キャラはこちらに気がついているはずである。
しかし、横を見ようともしない。
完全無視だ。
（…………）
オレは意を決して、窓をおろすと声をかける。
「よお。やっぱ、乗せてってやるよ」
「……いい」
キャラはこちらを見ずに冷たく答える。

「つーか、間にあわないんだろう？　しかたないから――」

「断る」

とりつく島もない。

当たり前といえば、当たり前の態度だろう。

オレはしかたなく、アクセルを少しだけ踏みこんだ。

そしてアウトランナーをキャラの少し前で停めて、車から降りた。

「乗らないんだな？」

「乗らない」

最後の問いも冷たい回答。

顔を上げることもない。

「よーし。わかった。つーか、そっちがそういう態度ならば、これだけは言っておく！」

オレは両足をきっちりそろえて背筋を伸ばし、そして思いっきり頭を垂れた。

「ごめんなさい！」

一〇〇メートル先まで聞こえたのではないかというほど、腹の底から声をだした。

さすがのキャラも足をとめる。

声が大きければいいというわけではないけど、なんか気合をいれて謝ったらこうなった。

ここまで気持ちをこめた謝罪は、自分的に今までなかったと思う。

だが、それだけに恥ずかしさが凄まじく、頭を下げたまま上げられない。

「その、なんというか、ほぼ八つ当たりだった！　大人として恥ずかしい！　子供にあたるなんて最悪！　それに、その、なんだ。キャラの言うことは、すごくもっともで、でも、子供に言われたと思ったら、ついかっとなって。オレがダメなのはオレのせいだし。よく考えたら励ましてもらっていたわけで。でも、子供に励まされたと思ったら、なんかほら……とにかく、すまん！」

まさに支離滅裂だった。

何か言わなければと口を動かしたけど、なんか気恥ずかしさで、言い訳がましくなった。

むしろ、黙っていた方が男らしかったのではないだろうか。

でも、ついキャラの反応が怖くて、口がとまらなくなってしまった。

「…………」

しばらくの沈黙が辛い。

判決がでるまで、オレはずっと頭を下げたまま待つ。

「ふうぅ～」

キャラが大きなため息をついた。

そして、オレの横を抜けて前に歩きだす。

判決は、有罪だった……。

第一四話：未来《まえ》を見ることができた。

——ガチャ

「……ん？」

オレは聞き覚えのある音に頭を上げる。

背後に、キャラがいない。

……いや、いた。

彼女は、アウトランナーの助手席に座っていた。

そして無言のまま、扉を閉める。

「…………」

そのキャラの行動をどうとるか、オレは悩んでしまう。

まだ、怒っていることはまちがいない。

なにしろフロントガラスを見つめたまま、彼女はこちらをまったく見ようとしていないのだ。

オレは、怖々と運転席側の扉を開ける。

「あ、あのぉ……」

「許せないことが、ひとつある」

キャラが冷たい声でそう告げて、こちらをキッと睨む。

オレは思わず、体をピクッと震わせて背筋を伸ばす。

「な、なんでしょうか……」

「キャラは、子供じゃない」

「……え？」

「キャラはもう成人した。子供じゃなくて大人」

「……あ、ああ。ご、ごめん」

ふと、思い起こして気がつく。

先ほど言い訳がましく口を動かした時、確かに「子供」を連発していた気がする。

「じゃあ、早く出発して。時間がない」

「え？　……ああ、はい」

オレは運転席に乗りこみ、アウトランナーを走らせた。

だが、彼女は視線を合わせてくれない上、ずっと無言だ。

途中、発電するためにエンジンをかけていいか確認した時だけ、「まだ明るいし、この辺なら多少の音くらい大丈夫」と許可の言葉だけ聞くことができた。

それ以外は、ずっと無言。

こんな時、逆に静粛性の高い車内が恨めしく感じる。

（まあ、そんな簡単に許してくれるわけもないか……でもなぁ……）

それでも狭い空間で、ずっと無言はかなり気まずい。

何か当たり障りのない話題はないかと、オレは頭を悩ました。

そして、何もいい案がないとあきらめかけた時、なんとキャラから声をかけてきた。

「ひとつ、謝っておく」

相変わらず正面を見たままだが、その声に棘《とげ》はない。

オレは黙って一瞥《いちべつ》だけして様子をうかがう。

「さっき、偉そうに言ったこと、実はとーちゃんの受け売り」

「受け売り？」

「そう。とーちゃん曰く『幾多の期待に応じれば、それはいつか希望につながるピョン』と」

「……ピョ……ピョン？」

「ピョン」

「ピョン……か……」

「ピョン」

キャラのとーちゃん、もの凄くいいことを言ったのだ。

なのに、最後の一言で台なし感が半端ない。

この「ピョン」の破壊力は凄まじい。

「……つ、つーかさ、キャラのとーちゃんとやらは、やっぱりウサギ耳なの？」

「当たり。ウサギ耳に尻尾。すごく強い」

「うん。筋肉がすごくて力持ちだし、髭《ひげ》を生やして男らしい」

「強い？」

「お、おお……」

なぜかオレは、頭の中でバニーガール姿で想像してしまい、後悔の念が半端ない。

絶対にそのとーちゃんには遭いたくないところだ。

「受け売りなのに、自分がわかったようなことを言ってごめん」

「あはは。そういうことか。謝る必要ねーよ。つーか、キャラはきっと、ちゃんとわかって言ってると思うしな」

「うむ。労働者としては、アウトより長いから先輩だしな」

「いきなり謙虚さがなくなったな」

二人で顔を見合わせて、少し笑った。

「ちなみに、とーちゃんはこうも言っていた」

そのいい雰囲気の中、キャラは前を向きながら、とーちゃんのマネなのか野太い声をだす。

「心から謝れる奴は、成長するピョン！」

「ピョン……ね」

「ピョン」

本当に「ピョン」がなければ名言なのに。

「成長か……」

「そう。しかも、年下のキャラに謝れるというのはすごいこと。だから、アウトは成長する。きっとドンドンよくなる。仕事もできるようになる」

「つーか、なるかねぇ？　周りに信用されるようになる前に、自分を信用できないよ。あはは……」

「自分を信じるのは難しくても、自分に期待するのはそんな難しくない」

「成長を期待か。成長できるかねぇ……」

「できる。少なくともキャラだけは、そのアウトの成長を期待している」

そう言いながら、キャラがこちらを向いて優しく微笑んだ。

オレはそれを一目したあと、すぐ前を向く。

「おお……。あ、ありがとう……」

オレはそれからしばらく、前だけを見て運転した。

瞼《まぶた》の裏にその愛らしい微笑が焼きついて、彼女の顔を直視することができなくなっていた。

第一五話：心地よい期待に……

夕方には、大きな森の目の前についていた。

それはまるで、木々が創りだす壁のようだった。

近くで見ても、とても車で入れるような場所ではない。

しかも森は左右に大きく広がり、回りこむのは大変そうだ。

結局、ここからはキャラが徒歩で行く方が早いのかもしれない。

オレたちは予定どおり、森の手前で車中泊することにした。

といっても、森の近くは危険だから、少し離れた森から流れ出る川の近くに車を駐めていた。

あとは寝て、朝にキャラが出発すればいいだけだ。

食料は尽きてしまったが、一日ぐらいならば我慢できるだろう。


……と思っていたら、キャラは我慢ができなかったらしい。

すぐに戻るようなことを言って姿を消したかと思ったら、怪我した足を水に濡らしてまで、なんと魚を何匹も串刺しにして運んできたのだ。

オレが、シートアレンジして寝床を作ったり、風呂に入れないので沸かしたお湯で体を拭いて着替えたりしていた、その短い時間でのことである。

すでにナイフで、はらわたも抜いてあるようだ。

サバイバル能力の高さに、さすがと感心する。

その魚がなんなのかオレには分からなかったが、ぱっと見てニジマスなどに似ている気がする。

ニジマスの串焼きなど食べたことはないが、想像したら無性に腹が減ってきた。

さっきまで食べなくてもいいと思っていたのに、現金なことである。

「木の枝、いっぱい拾ってきて」

「お、おお。了解」

オレはキャラ隊長の指示どおり、木の枝を適当に拾ってきた。

食べさせてもらえるなら、なんでもしますとがんばった。

……が、すぐに怒られた。

「生木はダメ。燃えにくい。乾燥しているのだけ」

「お、おお。了解」

薪が集まると、魔石というのを使って火を点《つ》けた。

少し先の尖った魔石二つの先端を合わせるだけ。

それだけで、簡単にそこに炎が生まれた。

てっきり、木をゴリゴリして摩擦で火をつけるのかと思っていたから拍子抜けだ。

それでも、直火で串焼きなど初めての体験で、少なからず興奮した。

その上、焼いた魚はうまかった。マジに！

塩もなかったのでそのまま食べたのだが、それでも驚くほどにうまかったのだ。

「とれたてをその場で焼いて食べるのが一番うまい」

「お、おお。納得」

皮はパリパリ。

熱々な魚の身がホロホロとほぐれ、口に甘味が広がっていく。

ジュワッと歯茎の裏まで広がるほどの脂も旨みが強い。

車中泊の中でもP泊だと自炊は難しいから、その付近の名物などを店で食べることになる。

しかし、オレはこの魚を食べながら、その場で調理して食べるというキャンプの良さを知った。

今まで「キャンプなんて面倒」という考えしかなかったが、苦労して食べる喜びもあるのだ。

（よし。調味料と調理器具を積むか。……でも、直火できるところは少ないし、だからと言って炭火コンロは場所をとるし、後始末が……。ガスコンロでいいか。でも、ガスカートリッジを……あっ！　つーか、アウトランナーならＩＨコンロで鉄板焼きできるな。あれなら場所をとらないですむぞ！）

オレはまた車中泊グッズ購入予定のメモに書き足した。

帰れるかどうかもわからないというのに、購入予定ばかりが増えていく。

最初は逃げてきて、戻りたくなどなかった。

この購入メモもなんとなく書いていただけだ。

でも、今では戻ってからのことを本気で考えている。

（つーか、現金だな、オレ……）

飯を食ったあと、キャラにも体を拭くことと着替えを勧めた。

着替えはオレの紺のスウェット生地のパジャマと、Tシャツだった。

さすがに下着はなかったので、それだけは洗って乾くまではノーパンとなった。

もちろん、一六歳のネコウサ娘がノーパンであることなど、オレはまったく気にもとめなかった。

しかもノーブラであっても、なんの問題もなかった。

胸元の先など気にならなかったし、ズボンの下を想像したりもしなければ、焚《た》き火の側に干した下着に目を奪われることもなかった。

（相手は子供、相手は子供、相手は子供……）

本当に大丈夫だった……のだが、念のためにキャラには早く電気毛布にくるまってもらうことにした。

本当に念のためであり、オレにやましさは欠片もない。

彼女はソファベッドのようになった助手席側で、昨日と同じように寝転んだ。

そしてまた、顔だけ毛布から見せながらオレを見ていた。

「アウトは一緒に寝ないのか？」

不意にかけられたキャラの言葉に一瞬、ドキッとする。

が、その「一緒」が「同時」というだけの意味だと気がつき、かるく咳《せき》払いで動揺を隠す。

「おお。ちょっと仕事しようかと思ってな」

オレは運転席の後ろの席を前方にたたんでいた。

助手席側は後部座席とくっついてソファベッドになっていたが、運転席の後ろの席は潰されて荷室《ラゲッジルーム》とフラットになっている。

オレは、その少しだけ広くなった荷室《ラゲッジルーム》に座っていた。

小物を入れていたトランクカーゴをテーブル代わりにして、その上にパソコンを置いた。

もちろん、パソコンの電源はアウトランナーからとっている。

ちょっとしたモバイルオフィスというわけだ。

さらにオレの周辺には、いくつかの資料が広げられている。

会社から出る時、嫌がらせとして持ちだした資料だ。

そして業務用パソコンも持ちだしてしまっている。

ぶっちゃけ、これは犯罪にあたるだろう。

でも、あの時はそんなことどうでもいい……そう思っていたのだ。

「もう締め切りも過ぎちゃってるし、帰れるのかもわからないけどさ……。なんつーか、けじめっていうのかな。やり残した仕事、できるだけやってみようかな……なんてな」

なんとも気恥ずかしくなり、語尾で笑ってごまかしてみる。

だが、キャラは笑わない。

「そうか。ガンバレ。仕事ができるようになって、お金をたくさん稼いで欲しい。キャラは、そのお金でコンビニおにぎりとカップラーメンをたくさん買ってきてくれることを期待している」

「ぶっ！　勝手なこと言いやがって。……まあ、期待してろ」

「うん」

「あ……つーか、すまん。電気もつけっぱなしだし、横でカタカタ音がしたら、眠れないよな」

「大丈夫。キャラはどんな状態でも眠れる。問題ない」

彼女は言葉のとおり、程なく眠った。

その寝顔を見ながら、ふと「成長に期待する」と言って笑った彼女の顔を思いだす。

ずっとオレは、「期待」はただの「プレッシャー」だと思っていた。

相手の身勝手な思いに過ぎないと思っていた。

だから「期待」をかけられた時、オレは嫌な気分しか味わったことがない。

しかしオレがこいつからされた「期待」は、そうじゃなかった。

「成果」ではなく「成長」にかけられた「期待」。

それはなんというか、意欲のわく心地のいいエネルギーなのだ。

期待に応えたいという気持ちが、胸の奥からわいてくる。

それは、まちがいなくオレの「力」になっていた。

そのせいなのだろうか。

狭い室内に、辛い体勢での作業にもかかわらず、仕事がすごくはかどる。

（……なんか調子いいな……）

資料のまとめ、レポート化など、そんなオレの大嫌いな単純作業を妙にクリアになった頭がすごい勢いで処理していく。
そして疲れてきたら、キャラの寝顔をしばらく見る。
それだけで、「もう少しがんばろう」という気持ちがわいてくるのであった。

第一六話：甘酸っぱさを感じながら……

オレは気がついたら、荷室《ラゲッジルーム》で横たわって寝落ちしていた。

荷室《ラゲッジルーム》の床は硬いため、かなり体が痛い。

やはり、マットとかあると便利だなと思う。

しかし、普通のマットは場所をとる。

いいマットがないか、元の世界に帰れたら探してみることにしよう。

ちなみに寒さの方は、電気毛布がかけられていたから大丈夫だった。

どうやら、キャラがかけてくれたらしい。

書類もパソコンも邪魔にならないように端にどけてあった。

礼を言おうと周りを見るが、キャラが車の中にいない。

確かにもう日が昇っているが、そんなに早くに出発したのだろうか。

オレは慌てて起き上がり、あたりを見まわす。

と、フロントガラスの向こうで、こちらに向かって歩いているキャラの姿があった。

耳をピンと立たせながら、顔をニコニコとさせ、何かを両手いっぱいに抱えてきている。

真っ赤な丸い果実……どう見てもリンゴだ。

オレはドアを開けて、脱いでいた靴を履いて迎えにでる。

「おはよう、アウト。森でおいしそうなリンゴを採ってきた」

やはり、リンゴだった。

しかし、たぶん「リンゴ」という言葉ではないのだろう。

オレの中で勝手にそう変換されているのではないだろうか。

（つーか、あの住職が「自分を適合させる」とか言っていた気がしたし……たぶん、オレの頭の中で日本語として解釈されているだけなんだろうなぁ）

そんなことを考えながら、オレはさしだされたリンゴを受けとった。

持った感じも、香りも、やはりリンゴだ。

甘酸っぱさに鼻腔がくすぐられ、思わず喉を鳴らしてしまう。

「ありがとう……つーか、オマエは足を怪我してるのに歩き回るなよ！」

「ん。もうほとんど大丈夫。獣呪族《じゅうじゅぞく》は丈夫で、怪我の治りが早い」

確かにもうかなり普通に歩いているし、足首の腫れもほぼひいている。

「でも、いつもより治りが早くてビックリ。本当にかなり楽。たぶん、アウトのおかげ」

「……なんで？」

「車で運んでくれたから、足を使わずにすんだ。おかげで回復が早かった、たぶん」

「ああ。なるほど。それは良かった。……つーか、『じゅーじゅーぞく』ってなんだ？」

どうもオレの世界にない言葉は、うまく変換されないらしい。

知らない言葉は、イメージがでてこないのだ。

「獣呪族は、獣の呪いを受けた一族」

「獣の呪い……」

「そう。大昔、一族のご先祖様たちは、とある山林の神様に『狩りで獣を殺しすぎだ』と怒りを買った。そして、『動物の気持ちを思い知るが良い』と、その血に呪いをかけられた」

「………」

リンゴを荷室《ラゲッジルーム》に転がしながら、静かに話すキャラを見て、オレは「地雷を踏んだ」と後悔した。

キャラは最初から「そういう種族」なんだとばかり、オレは思いこんでいた。

しかし、この話からすれば、本来は普通の人間ということになる。

それが呪われたせいで、動物の特徴をもつ姿になってしまったということではないか？

このパターンは、物語によくあるパターンのような気がする。

呪われた一族だと周りから迫害され、いじめられて、友達もできず、いい仕事にもなかなかつけず苦労した。

きっとこの配達の仕事も、やっともらえた仕事なのだろう。

だから仕事のありがたみ、期待されるありがたみをあれだけよくわかっていたのだ。

そうだ。そうに違いない。

「呪いの血を継いだ者には、動物の特徴的な一部が現れる」

キャラは、うつむき加減にネコ耳にかるく触れる。

その表情に影が落ちた気がした。

オレはなにか慰める言葉を探るが、いい言葉を思いつけない。

「そう。これは呪われた血の証……」

「そ、そんなこと――」

「いわば、チャームポイント！」

「――ない……え？　チャームポイント？」

「うん。動物の耳や尻尾がついていると、似合っていればみんな『かわいい！』とチヤホヤしてくれる」

「で、でも、呪い……」

「うん。呪われてラッキー、みたいな」

「ら、らっき～？」

「なにしろ、運動能力アップ、回復力アップ、人によっては五感アップ、そしてかわいさアップ。それなのに基本は人間のままと、いいこと尽くめ」

「……つーか、それじゃ、神様にとって罰を与えたことにならないんじゃ……」

「ご先祖様、最初は『困った』と騒いだ。でも、よく考えたら、『別によくね？』と……」

「かるいな、ご先祖様……」

「うむ。一応、ご先祖様も獣を殺しすぎたことは反省した。けど、呪いが気に入ってしまったので、神様の前ではわざと反省したそぶりを見せず暮らして……現在に至る」

「つーか、神様……謀《たばか》られてるじゃねーか……」

「そうとも言う。……それよりリンゴ、食べよう」

そう言うと、持っていたリンゴの表面をキュッキュッとかるく手でこすってから、キャラはそのままかじりついた。

さすがのワイルドさで、少し果汁が飛ぶが、おかまいなしだ。

切って食べるつもりがないと知り、オレもキャラのマネをして、持っていたリンゴをそのままかじった。

ジュンと果汁《ジュース》が歯茎を伝ってあふれ、口の中に濃い甘さと、わずかな酸味が広がる。

「やばうま！　シャキシャキ！　つーか、なにこれ⁉」

「リンゴ」

「うん。わりぃ、知ってる。そうじゃなくて、めっちゃうまいリンゴだなってこと」

「このあたり、すごくいい土地。実りも豊富で、虫も少ない。今年は特に良い」

「おお。そうなのか」

オレは夢中でリンゴをかじった。

考えてみれば、丸かじりするのは生まれて初めてかもしれない。

それどころかリンゴの皮を食べた記憶さえないし、食べる部分とは認識していなかった。

こんな皮までうまいリンゴが自然にできるとは、恐るべし自然と見直した。

元の世界に戻ったら、リンゴ狩りとかもやってみるかと思ってしまう。

「ところでアウト。キャラはそろそろ行くが、アウトはこれからどうする？」

「もごっ……」

オレは噛《か》んでいたリンゴを慌てて呑みこむ。

「お、おお。つーか、もう行くのか？」

「そろそろでないと間にあわない」

「そうか。オレは……どうするかな。考えてみればあてがあるわけでもないし」

「元の世界に戻る方法がわかるまで、どこか町にでも行って、仕事を探さないと、お腹が空いて困る」

「……まあな。じゃあ、近くの町の場所、教えてくれよ」

「ん？　ちょっと口で説明しにくい。……二日ほど、ここで待てるか？」

「え？」

「用事を終わらせたら、ここに戻ってきて、案内してやる」

「いや～。さすがにそれは悪いってか……」

「車で送ってもらったお礼。送ってもらわなければ間にあわなかった。だから、次はキャラが案内する」

「つーか、ありがたいけど……」

「ここはわりと安全。キャラが戻るまで、一人でさびしいか？」

「オレは子供か！」

「ああ。独り身でさびしいのには慣れているんだったな、アウトは」

「なんでだよ！　一応、それなりの青春は過ごしてたぞ！」

「見栄」

「決めつけるな！　つーか、モテモテだったぞ！」

「話、盛ってる」

「盛ってねー！　つーか、こっちにも『盛ってる』って言い方あるの⁉」

「じゃあ、待ってて。行ってくる」

「うおおおいいいい！　会話、ぶっちぎるな、こんちくしょう！」

結局、オレはキャラの言うとおり、ここでアウトランナーと共に数日過ごすことにした。

第一七話：オレは仕事を終わらせて……

オレは一人、アウトランナーの中で黙々と仕事をしていた。

不思議なことに、自宅でやるよりも、会社でやるよりも、非常に集中することができた。

確かにテレビやインターネットという誘惑がないことは大きい。

しかし、それ以上に集中力が尋常ではないほど上がっていた。

そして根をつめてがんばったあと、息抜きに車外に出て深呼吸をすると、すぐにまたがんばろうという気になれたことも大きかった。

これが自然のリフレッシュ効果なのだろうか。

もう今は廃れた、マイナスイオンとかいう謎成分のせいだろうか？

いや。むしろ異世界なのだから、魔力とかかもしれない。

なにしろ、自分で言うのもなんだが、マイペースで、ろくでなしで、怠け者で、仕事に対して常時モチベーションゼロのオレが、朝から、ずーっとパソコンに貼りついて仕事をやり続けているのだ。

しかも、我ながら恐ろしいほどの速度と正確さで作業している。

何度かまちがいがないか検算をしたり、見直ししたりしてみたが、ほぼミスがない。

（どうしたんだ、オレ……奇跡か？）

足下に広がる原っぱ。

遠くに見える山々。

緑の神秘と不気味さを織りなす森。

その森から流れ出る澄んだ川。

混じりけがない空気。

そのすべてから魔力……かどうかはわからないけど、不思議なパワーをもらっている気分だ。

今なら、どんな不思議も信じられそうだ。

「これを買ったら宝くじが当たった」「彼女ができた」等の怪しげなセールストークのパワーストーンでも、信じて買いしめてしまいそうな気分である。

自分で言うのもなんだが、オレが仕事に打ち込むということは、そのぐらいの不可思議現象なのだ。

(インターネットで調べ物ができないのは辛いな。あと、椅子と机があれば……)

姿勢を変えながら仕事しているが、腰や肩がかなり痛い。

もう少し楽な姿勢がとれれば、さらに効率アップできるはずだ。

机と椅子……これは、また購入メモに追記しておかなければなるまい。

(つーか、帰れるのかわからんけどな……)

ちなみに食事は、キャラがとってきてくれたリンゴと、キノコ、ほぐしておいた焼き魚の残りを食べたりした。

しかし二日目になると、リンゴしか食料がなくなった。

リンゴばかりでは、どんなにうまくても飽きがくる。

リンゴから作れるものとなると、ジャムとかアップルパイとかあるが作り方などまったく知らない。

こんなことなら料理を勉強しておけば良かったと思うが、後の祭りだ。

ならばと、キャラのマネをして魚を捕まえてみようとした。

ナイフも持っていないので、尖ってそうな木の枝を使って、魚を狙うがまったくかすりもしなかった。

足が冷えただけで、くたびれもうけ。

キノコはキャラに「素人が手をだすと毒キノコで死ぬ」と脅されていたので、挑戦もせずにあきらめていた。

というわけで、結局二日目の食事はリンゴだけで終わった。

今度から非常食はもっと積んでおこうと、購入メモに書き足した。

ちなみに釣りセットも書いておこうかと思ったが、ぶっちゃけ釣りってよくわからないのでやめておいた。

◆

二日目の夕方になっても、キャラは戻ってこなかった。

まあ、到着しても足の痛みが再発した可能性もある。

疲労もたまっているだろう。

リンゴは飽きたが、最悪、一日食わなくても死にやしない。

ただ二日間食事なしは無理なので、自分で人里を探しにどこかへ行こうと思う。

ちなみに、仕事は終わってしまっていた。

しかも当初の予定より、かなり詳細にデータをまとめることができている。

さらに資料を見ていて思いつき、新しい企画提案書まで作ってしまった。

まあ、提案書など作ったこともないので、かなり適当でお客様に見せられるような代物ではないかもしれない。

さらに言えば、この話はもう数日前に終わったことだ。

今さら、もし戻れたとしても、なんの意味もない。

しかし、オレは妙な充実感を感じていた。

（なんだ。オレ、意外とがんばれるじゃん……）

もし、このまま元の世界に戻れないとなれば、ガソリンがなくなったアウトランナーともお別れして、キャラの言うとおりこちらで生きるために仕事を始めなければならない。

不安がない……と言えばウソだが、オレは意外になんとかなるのではないかと思いはじめていた。

楽天家だと言われればそうなのだが、妙な自信が後押ししていたのだ。

（つーか、それもキャラが、ちゃんと戻ってきてくれないとさすがにむずか――⁉）

突然、森の奥から獣らしき雄叫《おたけ》びが響いた。

荷室《ラゲッジルーム》に座っていたオレは、車の外に出て声のした方を見た。

少し離れた森の上、飛び立つ鳥らしき影が夕焼けに映る。

続いて象の鳴き声……いや、もっと凶暴そうな声が響いてくる。

震動、そして木々の倒れる音。

（つーか、なんかやばそうな気がする！）

オレはアウトランナーをいつでも走れるようにする。

途端、車から数百メートル以上先の森の出口から、人影が飛びだして来た。

「まさか……キャラ⁉」

と思ったのも束の間、その背後からまるで大きなトカゲみたいなのが出てくる。

濁った緑色だと思うが、夕焼けに照らされてオレには色がよくわからない。

長い尻尾とトカゲのような体、それに長い首がついて、まるで恐竜のようだった。

たぶんサイズは、六メートルぐらいあるだろうか。

それが森から出たとたんに、鎌首を持ちあげて、威嚇するようにさっきの象のような鳴き声を放った。

「か、怪獣はやべーだろ！　つーか、夜までは安全じゃなかったのかよ！」

不思議なことに、その時のオレには「逃げる」という選択肢がでてこなかった。

アクセルを踏みこむと、その怪獣の方にハンドルを切った。

ベタ踏みのために、すぐエンジンが唸りだす。

逃げる姿は森を出たあとも、まっすぐ走っている。

気がついていると思うが、こっちに逃げてこようとはしない。

「ぜってーキャラだ！　あいつ、オレから離れて……。バカやろう！」

オレは、そのままアウトランナーで体当たりするかどうか考えた。

もしそれで斃《たお》せなければ、まずまちがいなく二人とも死んでしまう。

それはよろしくない。

だが、このままではすぐにキャラに追いついてしまいそうだ。

なにしろ、その速度はかなり速い。

今までは森の中だから逃げられていたのかもしれない。

原っぱに出てきたら、いくらキャラの足が速くても、すぐに追いつかれてしまうだろう。

(早くこっちに気をそらさせねーと！　つーか、どうやって……そうだっ！)

オレはハンドルの真ん中を思いきり叩いた。

クラクションが、耳障りな騒音となって鳴り響く。

それを幾度もくりかえす。

すると、怪獣の顔がこちらをチラッと見た。

オレはチャンスとばかり、さらにヘッドライトでパッシングを浴びせる。

「……来た！」

怪獣が向きを変えた。

パッシングが前の車を挑発する以外に、まさか怪獣の怒り《ヘイト》を稼ぐのにも使えるとは思わなかった。

さらにクラクションを鳴らしてから、急激にUターンさせる。

車は不安定にもならず、方向を一八〇度変えてみせる。

ルームミラーの中に、すごい勢いで迫ってくる怪獣。

オレはアクセルをベタ踏みにして、モーターだけではなく力強いエンジンをさらに唸らせ始めた。

第一八話：元の世界に戻りました。

その顔は、まさにあれだ。

（コドモドラゴン？　じゃなくて、ほら……コロモドラゴン？）

ウェブサイトで調べれば、「動物界《どうぶつかい》脊索動物門《せきさくどうぶつもん》爬《は》虫綱《ちゅうこう》有鱗目《ゆうりんもく》オオトカゲ科オオトカゲ属コモドオオトカゲ」とでてくるのだが、その時のオレは混乱していて正しい名前などでてこなかった。

もちろん、このさい正確な名前などどうでもいいが、長い顔にカバのような鼻、そして口からは時折、長い舌が槍《やり》のように伸びては隠れる。

ゴツゴツしていそうな肌。

地面を蹴る鋭い爪を持つ四肢。

その体もまさにコモドオオトカゲとそっくりなのだが、大きな相違点として首と尻尾がやたらに長かった。

また体がとにかく大きく、そのせいで完全に恐竜である。

というより、オレにとっては「恐竜」ではなく、「怪獣」「モンスター」だ。

それが見た目に反したすごい速度で、オレの駆るアウトランナーを追いかけてきているのだ。

這いよるというより、速すぎて地面を蛇のように滑っているようにも見える。

時速七〇キロ……。

高速道路なら、このぐらいの速度で怖いことなどないのだが、舗装されていない地面を走るとめちゃくちゃ怖い。

地面はデコボコで、たまにギャップがあって車が少し跳ねる。

さらに道もなく、先がわからない場所を走るのは本当に恐ろしい。

だが、オレはさらにスピードを上げる。

最初、あまり速度をださないようにした。

いきなりスピードを上げすぎて、追いかけてくるのをやめられると、こちらをあきらめて、キャラの方に戻りかねない。

ところが、そんな心配は無用だったのだ。

なにしろあちらさんものってきたのか、時速七〇キロぐらいでは、今にも追いつかれそうなのである。

八〇……九〇……。

暴れ馬まではいかないまでも激しい揺れで、ハンドルを握る手に力が入る。

（うっ……マジ怖い！　つーか、後ろの怪獣、もっと怖い！）

九〇キロだしているのに、そんなに怪獣との距離が空いていない。

だが、やっと道がかなり平らになった。

よしこれならと、一気にエンジンをフル回転させる。

一〇〇、一一〇……。

（よし！　このペースならなんとか——うわっ⁉）

薄暗くなった道で先の方がよくわからなかった上、後ろを気にしすぎていたのが仇《あだ》となった。

突然、前方の地面がなくなっていることに気がついた。

崖だった……。

ブレーキなんて遙《はる》かに手遅れ。

（つーか、もう空中だし！）

いやはや、思いっきり飛んでしまっているね、これ。

あれ？　勢いあまった怪獣さんも一緒にダイブしてるじゃないか。

まあ少なくとも、これでキャラは大丈夫だろう。


……あれ。

なんかオレ、妙に落ちついているな……。


——どうして——


なぜか眼前にキャラの姿が見え、その声が耳に聞こえる。

いや。

姿が見えるはずがないんだ。

声が聞こえるはずがないんだ。
でも、オレに届いていた。

――どうして――

必死な形相でオレに手を伸ばして問うキャラ。
訊きたいことは、わかっている。

――逃げなかった？――

ということだろう。

つーか、違うぞ、キャラ。
オレは逃げたんだ。
めっちゃ一生懸命に。
ただ、逃げる方向が、少し前向きになっただけさ。
それはきっと、キャラのおかげだ。
だから、もしもう一度、遇えたら、伝えたいことがある。

「ありがとう……」

おや。

下に川が見える。

これからあそこに落ちるのかな……。

……あれ？

なんか落ちてないぞ。

すべてが静止して……。

やがてオレの意識は、真っ白な空間に呑まれていった。

◆

オレは低く唸ると、頭をくらくらとさせながら眼を開けようとした。

しかし、視界が歪む。
世界が回る。
頭がわれるように痛い。
（オレは……オレは、えーっと……あっ！）
死んだのかと考えるが、どうやら生きているようだ。
朦朧とした意識を叩きおこす。
オレは崖に向かってダイブしてしまったはずだ。
そうだ。まちがいない。
頭痛はまだするし気持ち悪いが、オレはうっすら眼を開けてみた。
自分の体を見る。
車内を見る。
そして、問題ないとわかる。
もしかして、崖の反対側まで飛んだとか？
確かめるために、窓の外を見る。
……霧だ。
白い霧がけっこうでている。
しかし、何も見えないわけではない。
その中に、いくつもの光が浮いている。

それは、どこかで見た風景。
先の方に見慣れた建造物と自動車、それを照らしだす街灯。
オレは慌ててドアを開けて外に出た。
踏みしめたのは、土ではなくアスファルトの地面。
たくさん並ぶ自家用車、トラック、キャンピングカー……それらがオレの視界に入る。
そして、少し離れた場所にある建物に、でかでかと飾られた看板。
「ＥＸＰＡＳＡ足柄……ＳＡ《サービスエリア》……戻ったのか……」
もちろん、最初に疑ったのは夢オチだ。
異世界に行ったのは夢で、オレはずっとここにいたということも考えた。
だが、オレの服装は車中泊した日と替わっている。
寝ぼけて着替えた……それはさすがにないだろう。
オレは車の後ろに回り、テールドアを開ける。
そこには、転がりまくって隅っこのくぼみに落ちたリンゴが二個。
（夢オチ……じゃねぇのかよ……）
そう確信した時、まずキャラのことが心配になった。
あの怪獣から、あのあと逃げられたのだろうか。
あいまいだが、記憶では怪獣も一緒にダイブしていた。
それなら、問題ないはずだ。

それにしても、わざわざ迎えに来てくれたのに、オレはとっとと自分の世界に戻ってきてしまった。

すごく悪いことをした。

キャラはきっと、オレを心配させないように嘘《うそ》をついていたんだ。

日が沈まなければ、森は安全……そんなことはなかった。

どのぐらい危険なのかはわからないけど、あんな怪獣がいる森が、「安全」と言えるわけがない。

確かにここ数日見ていたが、森の手前には危険そうな動物など見なかった。

しかし、少なくとも森の奥の方は、それなりに危険があったのだろう。

その森を疲れた体で、夜になる前に、急いでオレのために抜けてきてくれた。

彼女はこれから、あの平原で一人で過ごさなければならない。

夜は寒くなる。

防寒は大丈夫だろうか。

確かリュックみたいなのを背負っていたし、あのしっかり者のキャラのことだから、その点は心配ないと思いたい。

しかし、朝まで……。

（――あれ？　暗いのはなんで？）

オレはそこで初めて、周りが夜の闇に覆われていることに気がついた。

崖からダイブした時は、まだ夕方だったはずだ。

もしかして、わりと長く気絶していたのだろうか。

オレはスマートフォンを胸ポケットから取りだす。

（一七時〇二分……つーか、あっているのか？）

電源を切っていたスマートフォンを起動して、オレは時刻の表示を確認する。

（……02：23……って、へっ⁉　金曜日⁉）

時間と共に表示されていた月日を見て、オレは目を剝いて息をのんだ。

それはオレが仕事から逃げだし、ここで車中泊した、その翌日を示していたのだ。

第一九話：まずは謝罪……

まずオレがやったことは、日時の再確認だ。

テレビをつけてみたり、サービスエリアの建物の中に行ったりして、日時を確かめた。

オレが異世界に行っていたのは、三日間だ。

会社から逃げてきた木曜日の夜から数えたとしても、土曜か日曜になっているはずだった。

だが、まちがいなく、今は金曜日の未明、二時半を過ぎたところだ。

日付も確認したがまちがいなく、一日どころか半日も経っていないことになる。

異世界とかだけでも頭がパンクしそうなのに、この時差をどう理解しろというのだろう。

(そういえば、あの住職は時空間がどうのと……)

何か面倒な説明をしていたような気がしたが、それほど頭の良くないオレにわかるわけもない。

ともかく、これは事実として受けいれるしかない。

となると次に考えたことは、これからどうするかだった。

(……間にあう……のか?)

オレはガソリンを確認した。

やはり、きっかりと減っている。

そのまま、目の前のガソリンスタンドに行って満タンにし、カーナビで行き先を自宅に設定する。

その間、思いだしたのは、キャラのこと。

到着を間にあわせたくて、車の中でそわそわする姿。

足を怪我しているのに、転んでも立ちあがり、懸命に歩む姿。

そして、「期待している」と言った姿。

（つーか、あきらめたら、あいつに合わす顔がないぞ……）

オレは逃げるのをやめることにした。

◆

オレは家に帰ると、休む間もなくパソコンを自宅のネットワークに接続して、プリンターで資料の印刷を開始した。

そして、その間にシャワーを浴びる。

伸びていた髭《そ》も剃り、身なりを整える。

髪型など、いつもは少しボサボサとした感じにするのだが、今日はムースできっちり固めてみた。

ワイシャツは、新品をだした。

さらにいつものスーツを着てみる……が、かなり皺だらけだと気がつく。

まだ時間はあることを確認して、アイロン掛けをする。

アイロン掛けなんてしたのは、一年ぶりぐらいではないだろうか。

そして、資料の最終確認。

それが終わると、いつもより三〇分以上、早く自宅を出る。

通勤中の車の中、オレはいつも憂鬱だった。

音楽をガンガンに鳴らして気分を晴らそうとしていた。

しかし、今日はいつもより憂鬱ではない。

もちろん、気は重い。

これから叱られ、罵られるために行くのだから当たり前だろう。

だが、これは憂鬱と言うより緊張に近い。

気持ちも覚悟も決まっている。

だから、気分をごまかす音楽はいらない。

ならばと、オレはニュース番組を流した。

ニュース番組をこんなにきっちり聴いたのは、社会人になって初めてではないだろうか。

いつも「くだらねぇ」「つまらねぇ」と思っていたのだ。

ところが今日はどうしたことだろうか。

今まで異世界にいたせいか、世の中の出来事に、もの凄く興味をもっているオレがいた。

そのため会社に着くまでの時間も、いつもより短く感じた。

オレは鞄と資料の入った封書を持つ。

会社の正門をくぐった。

さすがにまだ、出社している人は少ない。

それでも、エレベータに乗ると一〇人ぐらいがひしめきあう。

上場しているし、このところ収益も伸び、都内のいい場所にそれなりに大きいオフィスビルをもつ会社。

たぶん、ここに入りたくて落ちた奴はそれなりにいただろう。

今まで、親父のコネで入ったことをあまり深く考えなかったが、改めて思えばなんてすごいことなんだろう。

キャラは、自分の好まない、あんな危険な仕事を幼い頃からやっていた。やるしかなかった。

それに比べてどうだ、このオレは。

こんな過ごしやすいオフィスで、のんびりと適当にしているだけで金をもらって、あんな車まで買ってしまって。

ここにいること自体、今はすごく恥ずかしく感じてしまう。

（でも、仕事は辞めない。金を稼いでおにぎりとカップラーメンを買うんだ！　そして、今度こそあのモフモフ尻尾を思う存分触ってやる！）

きっと口にだしたら、この欲望の方が恥ずかしいかもしれないが気にしない。

オレは、まっすぐに自分のオフィスに入った。

すると、すでに出社しているまじめな社員数人が、オレに冷たい視線を向けたり、眉を顰《ひそ》めてみせる。

「おはようございます！」

その全員に向かって、場違いに明るい挨拶をしてオフィスデスクの間を抜けていく。

途中、机に鞄を置くと、隣の先輩が「大前、オマエなにやってんだ……」とか話しかけてくるが、手ぶりで「あとで」とだけ返事する。

オレが最初に向かわなければいけないのは、本部長の部屋。

ガラス張りの部屋のドアは開け放たれて、そこにはオレの上司たちである、喜多《きた》本部長と野々宮部長、そしてオレの直属の上司で同期の山崎リーダーが集まり、そろいもそろって眉を顰めて話していた。

ほぼまちがいなく、オレの犯したミスについてであろう。

その部屋の入り口に到着すると、オレは先ほどよりボリュームを抑えながらも、はっきりと声をだす。

「失礼します」

全員の目がこちらに向く。

次の瞬間、その視線に、はっきりとした怒りを感じる。

一瞬で全員の双眉がつりあがり、口を強く結んだ。

しかし、山崎だけが開口する。

「大前、オマエなんで――」

オレは奴の気勢を削ぐように、力強く一歩前にでる。

そして、両手で資料の入った封書を前に突きだしながらも、深々と頭を下げる。

「このたびは、ご迷惑をおかけして申し訳ございませんでした！」

第二〇話：そして報告と提案……

思い返せば、今までオレは会社で何度も怒られてきた。

しかし、まじめに謝ったことなどなかったと思う。

「すいませーん」「今度から気をつけまーす」みたいな、もの凄くその場限りの謝罪。

そのせいだろうか。

オレの今回の謝罪は、その場にいた三人を驚かすには充分な威力があったらしい。

数秒だが、全員が沈黙した。

「……あ、謝ってすむ問題じゃないぞ！」

「そうだぞ、君」

しばらくして、山崎と野々宮部長のとげとげしい叱咤《しった》が飛んだ。

わかっている。

許されようと思ったわけではない。

今までの態度や、今回のことを考えれば、「許されなくて当然」と思えた。

だが、五〇代半ばの喜多本部長だけは、貫禄《かんろく》を見せて少し落ちついていた。

叱咤ではなく質問を投げてくる。

「それはなんだ？」

もちろん、オレが頭を下げたまま、前に突きだしているもののことだろう。

「はい！　これは今日、お客様に納めるはずだった資料です。仕上げて参りました！」

「なんだと？」

オレが顔を上げてみると、全員が怪訝な顔をしている。

当然だろう。

こっちの世界での昨日、オレは「まったくやっていません」と言ったばかりだ。

二人がかりでやっても数日かかりそうな内容を一晩でやってきたなど信じられるわけがない。

「貸してみろ！」

山崎がそれをひったくるように取りあげた。

そして、ちょっと二枚目と評判になっている顔を顰めながらも資料を見ていく。

最初は怪訝な顔をしていた野々宮部長も、横から覗きこみながら目の色が変わっていくのがわかる。

少し髪が薄くなってきた四〇代後半の彼は、ポケットから老眼鏡を取りだすと、かなり真剣にチェックしはじめる。

「……君はこれをやるために、昨日は早退したのかね。なぜ会社でやらなかった！　しかも相談もせずに、無断早退などとんでもない話だぞ！」

「も、申し訳ありません！」

実は異世界に行って仕事してきまして……とは言えないので、オレはひたすら謝るしかない。

そして、資料は喜多本部長の手にわたる。

白髪交じりの頭を一回だけ撫《な》でてから、本部長は最後におまけのように入れておいたプレゼン資料をオレに向けた。

「……これはなにかね？」

「はい。資料を作っている間に思いついた提案書です。今回のＩＴセキュリティソリューションとは直接関係ありませんが、お客様の問題報告の中に健康に関する項目も多く見られましたので、ＩＴリテラシーの教育とメンタルケアのソリューションとして、どうかな……と思いまして」

ここに来る前から考えていた説明を口にした。

「……自然の中で学ぶ……ねぇ……。しかし、酷い提案書だね、大前君」

「す、すいません……」

その反応は想定内だが、やはり正面から言われると少なからず傷つく。

提案書なんて書いたのは初めてで、どのように書いていいのかなんてわからなかったのだ。

せめてネットがあれば検索したり、社内から参考資料を引っぱれたかもしれないのだが、あいにく異世界でそれはできない。

「君はウチに、規定の提案書フォーマットがあることも知らないのかね？」

「すいません……」

もしかして、藪蛇《やぶへび》だったのかもしれないと、ここに至って気がつく。

余計なことをして嫌味を言われ、無能だと恥をかかされるなんてバカすぎる。

おかげでオレの中にはまた、モヤモヤとした自暴自棄を誘うものが腹の中からわきだしてくる。

だが、それをなんとか抑える。

絶対に抑える。

もし抑えきれなかったら、次にキャラに遇えた時に今よりもっと恥ずかしくなる。

「すいません。その提案書はやっぱりなしってこ――」

「まったく訴求力もわかりやすさもない提案書だ。君は四年間、なにをしてきたのかね」

オレの言葉を遮ってまで、本部長は畳みかけるようにだめ押しする。

やはり藪蛇だった。

我慢して、オレは頭を下げるしかない。

「申し訳ありません……」

「本当に酷いデキだ。……だが、アイデアは悪くない」

「……え？」

本部長の言葉に、オレは顔を前に向けた。

すると、彼の口角が少しだけ上がった。

「謝罪の意味をこめた、プラスアルファにはなるかもしれん。……客先とのミーティングは、一五時だったな。山崎君、君はこの資料の精査を午前中に頼む。全データは無理かもしれないので、サンプリングでかまわんができるだけ詳細に。野々宮さん、確か第四企画室とヘルスケアが進めているオリエンテーション企画で似たようなものがあったはずだ。営業企画の田村《たむら》本部長には私から話しておくから、室長にこのアイデアを伝えて協力を仰いでくれ。詳細はもちろんまにあわないから、客先の反応が良く、乗ってきた時、実際に動けそうな概要程度の簡単な提案書を作ってくれ。君はその手の資料作りが得意だろう。それから……」

喜多本部長は、すごい勢いで指示をだしていく。

あれよあれよという内にいろいろと決まっていき、気がつけば野々宮部長も山崎も部屋から走るように出ていった。

そして部屋に残ったのは、オレと本部長のみ。

ドアは閉められ、なんとも言えない空気が充満する。

「大前君……」

その空気を揺らすように、喜多本部長は重々しく口を開いた。

「君のことは、君のお父さんから頼まれていた」

「は、はい。知ってます」

「私は、君のお父さんに大変世話になった。だから、君のお父さんの力にはなりたいと思った」

「はい……」

喜多本部長は、ゆっくりとした動きで、自分の席に着くと、大きく立派なテーブルの上に両肘をつけて頬杖《ほおづえ》をついた。

そして少し上目づかいに、こちらを強い視線で睨んでくる。

クビ宣告かなと思い、体をブルッと震わした。

昨日までは、クビ宣告などまったく怖くなかった。
しかし、今は覚悟をしているものの怖い。
クビになれば、次の仕事が見つかるまで無職だ。
その間、車のローンが払えなくなれば、手放すことも考えなければいけなくなる。
もしかしたら、もうキャラに会えなくなるかもしれない。
「君は……」
死刑宣告を待つような気分で、オレは本部長の次の言葉を待った。

第二一話：仕事は嫌いだったけど……

「君は……仕事は好きか？」

喜多本部長の言葉は、オレの予想と違い、死刑宣告ではなく質問だった。

しかも、回答を悩む質問だ。

野球で言えば、二一三《ツースリー》の場面。

ストレートがきてアウトがとられるかと思ったら、外角ぎりぎりが来て、バットを振るべきか見送るべきか悩んでいるような気分だ。

ああ、喩えがわかりにくいか。

とにかく「好き」か「嫌い」か、どっちが正解なのか。

本部長が何を思って言ったのか、その真意が摑《つか》めない。

だからと言って、聞き返せる雰囲気でもない。

ここは正直に答えるべきかと、思っていることを言ってみることにした。

「嫌いです！」

口にだして気がついたが、これってどう考えても「クビにして」とあまり変わらない、なんとも酷い回答だ。

違う。そうじゃない。言葉が足らない。

「――ですが、少なくともこれからは、自分にかけられた期待には、しっかりと応えていくつもりです！」

「期待に、しっかり応えると？」

「さ……最低限は……なんとか……」

「最低限なのか……」

本部長の眉間の皺が増える。

しかし、オレとしてもあまり過度の期待をいきなりかけられても困る。

オレはぶっちゃけ、仕事ができる方じゃない。

それはきっと本部長も十分わかっているはずだ。

（……つーか、それなら過度の期待などかけるわけもないか）

オレのそんな考えがわかったのか、本部長は中年太りの腹の底から大きなため息をもらす。

「はあ～……。まあ、なんだ。今までの君の態度から考えれば、大きな進歩と言えよう」

「そ、そうっすか……」

「とにかく、野々宮部長についていって、第四企画室に君のわかりにくい提案書の説明をしてきなさい。今は、やれることをすべてやり尽くしなさい。今回の処分は、その結果を見て考える」

「は、はい！」

どうやら執行猶予がついたらしい。

◆

席に戻ると、隣の先輩が「クビか？　自主退社か？」と、しつこく訊いてくる。

オレはそれへ適当に返答して聞き流す。

この先輩は、たぶんオレにまったく期待していないのだろう。

まあ、それはこの先輩に限ったことではない。

オレの部署では、当然ながら今回のことは大問題となっていた。

声をかけてこない奴らも、オレに何か言いたいことがあるはずだ。

今まで以上に、オレのことをバカにするか、疎ましく思っている奴も多いだろう。

だがまあ、それはいつものことの延長だ。

そんな中で、いつもと違う反応だったのが、【神寺《かみでら》　宮《みや》】さんだった。

この本社内で「みんなのアイドル的存在ベストテン」の三位で、広報部が社内報の社員紹介でつけた肩書が「癒やしのオアシス」という、ほんわかとした雰囲気が特徴の一年下の社員だ。

まん丸な輪郭に、まん丸の眼、それにまん丸の髪飾りで、左右の下の方で髪をちょこんと結んでいる。

ちんまりとしたイメージで、全体的に「丸」というイメージなのだが、スタイルは逆にすごいという。

でるところがでて、腰はきっちりとくびれている。

一部のマニアからは、その幼さと女らしさの共演する容姿がバカ受けで、社内アイドル三位ながらも、告白された数はナンバーワンだという。

かくいうオレも、一度だけ声をかけてみたが、華麗にスルーされた。

そんな彼女が、「お疲れ様」と声をかけながら、オレにコーヒーを淹れてきてくれた。

オレは、ちょっと心が躍った。

もしかして、とうとう来たのか、モテ期。

まじめに仕事するオレの姿に、きゅーんとしちゃったのか！

「最後かもしれないから……ね」

かわいい顔で苦笑いしながら、さらっときついことを言う。

もう追いだす気満々らしい。

なにしろ餞別《せんべつ》のコーヒーは、やたらと濃い本当にまずいインスタントだった。

ともかく、オレは最後のあがきをしてみた。

指示を受けながら、資料の確認や作成をおこなった。

いつも自分のペースで、「あとでやりまーす」と適当に仕事をしていたオレが、受けとったらすぐに仕事をする。

それだけで、周りがオレを奇妙な目で見る。

（ああ、ああ。わかってる。オレらしくないよね。でも、今だけはやる。つーか、どっちにしても、長続きはしないだろうけど！）

オレの気力は、妙に充実していた。

そして異世界で味わった、頭のクリアさも続いている。

いつもは何を言われても頭に入ってこないのだが、今日は不思議と言われたことが、すっと頭に入ってきて処理できてしまう。

まさにオレ様、ターボブースト中だ。

資料ができると、喜多本部長、野々宮部長、山崎リーダーに、オレを加えて客先に謝罪に行った。

最初、「ついてこないで良い」と言われたが、オレは自分で遅れたことを謝罪したいから連れていって欲しいとお願いした。

そのことに三人とも青天の霹靂《へきれき》とでも言いたそうだったが、なんとか納得してくれた。

客先でも頭を下げた。

キャラに頭を下げてから、なんか頭を下げるということが、できるようになった気がする。

もちろん、かるくペコペコとして、下げる頭の価値まで下げているつもりはない。

でもなんとなく、「謝る」ということの大事さを知った。

そして客先からの帰り道に、改めて三人に謝罪した。

特に今まで「ただ偉そうにしている」としか見ていなかった、山崎や野々宮部長の仕事ぶりを見て感じていたのだ。

キャラほどではないにしろ、彼らも仕事をがんばっているんだという当たり前のことを。

そしてオレは、仕事を続けられることになった。

◆

仕事の方は、なんとかなった。

これからもこのペースで仕事すると死んじゃうので、そこは自分のペースに戻させてもらうつもりだ。

でも、少なくとも頼まれたことだけは、きちんとこなせるようになろうと思えるようになった。

これもすべて異世界に行けたおかげだ。

そして、そこでキャラに出会えたおかげだろう。

だからもう一度、異世界に行ってキャラに感謝を伝えたい。

お礼の品に、おにぎりとカップラーメンを用意して。

そうすれば、代わりにあちらこちら、思う存分、触らせてもらえる……などという、いやらしいことは、これっぽっちも考えていない。

あの子は一〇歳も下だし、今回はあくまでお礼だ。

もちろん、彼女がお礼に触って欲しいと言ってくれるのならば、そこは大人の器量として前向きに善処したい所存。

（まあ、でも、あの尻尾をモフモフぐらいはしてみたいかな……）

などと夢がふくらむ、翌日の土曜日。

しかし、その夢をかなえることは、そう簡単にはいかなかったのである。

第二二話：異世界には行きたかった。

——土曜日の午前中。

オレはホームセンターやキャンプ用品店などを巡り、車中泊グッズ購入予定メモに記載した商品を見て回った。

救急箱、食器セット、調理器具、調味料……いろいろとそろえた。

また、キャンプ用の椅子や、コンパクトに折りたためるテーブルも手にいれた。

それから、小型のガスコンロとＩＨコンロも買った。

ちなみにガスコンロは、アウトランナーＰＨＥＶの電気を節約したい時用である。

基本はＩＨコンロだ。

やはりキャラの前で使ってみせて、「火がないところに煙が出ているにゃぴょん！」とか驚かせてみたい。

さらに小型のセラミックヒーターも購入。

向こうで夜中、寒い時にエアコンをつけようとしたが、「エンジン音とかいうのがうるさい。魔物が寄ってくるかもしれない」とキャラに怒られた。

セラミックヒーターなら、アウトランナーの電気で使えるからエンジンをかけておかないですむ。

それから、インフレーターマットというのも買ってみた。

バルブを開けるだけで空気が入りこみ、膨らむエアマットだ。

非常にコンパクトにたためるし、空気注入が簡単である。

正直、こういう物があるなんて知らなかった。

これがあれば、荷室《ラゲッジルーム》で横になっても痛くなく眠れるだろう。

(だけど、大人二人はちょっと狭いか。かなり体を寄せあって寝ないといけ……つーか、なんでキャラも車中泊する前提で考えているんだ、オレは⁉)

妄想で興奮する高校生なみの頭に、ちょっと自己嫌悪する。

最後に、オレは大事な物を手に取った。

(このサイズでいいかな……)

それは三合炊きぐらいの小型電子炊飯ジャー。

オレは今度、キャラに「おにぎりとカップラーメンをたっぷり持っていく」と約束した。

しかし、考えてみれば、すぐに遇えるとは限らない。

そうなれば、カップラーメンはともかく、おにぎりは腐ってしまう。

それなら米を持っていって向こうで炊いて、おにぎりを作ってやればいいと気がついた。

海苔とふりかけ、あと具材は缶詰で持っていく。

これで炊きたてご飯を使った、あったかおにぎりが作れるはずだ。

(つーか、おにぎりなんて作ったことねーな……。練習しとくか……)

その他、細かい物をいろいろと用意する。

ちょっと寝る時に荷物が車内に置けなくなる気がするが、その時はビニールシートとか敷いて外に出すか。

まあ、なんとかなるだろう。

準備は整った。

さっそく今夜、オレはまた異世界に旅立つことにした。

◆

……ところが、異世界は遠かった。

遠いというのは、ちょっと違うかもしれない。

そもそも簡単には行くこと自体ができなかったのだ。

とりあえず、あの住職の言葉を信じるならば、「車」はひとつのキーになっていると思う。

――その【狐使い】たちが術を施した車があれば、問題なく行けるでしょう。

狐がどうした、術とは何だと、いろいろとツッコミどころはあるが、とりあえずアウトランナーが関係あるということはわかった。

なにしろ異世界への移動は、車で寝ている最中におこなわれた。

そこで自宅の駐車場に駐めてあったアウトランナーに乗りこみ、土曜の夜はそこで寝てみた。

そして車の中で目が覚めると、目の前にいたのは……ネコウサ娘！


……ではなく、怪訝な目をした自分の母親だった。


キャラのかわいい顔を見たかったのに、自分の母親とは非常にショックだ。

もちろん、母親には理由を問い詰められたが、そこは適当にごまかした。

いくら家族でも「異世界に行こうと思って車で寝ていた」とか言ったら、その日のうちに病院に連れていかれてしまうかもしれない。

ならばと、もう一度、日曜日に足柄ＳＡ《サービスエリア》まで足を運んでみた。

もしかしたら、ここが特別なパワースポットってやつなのかもしれない。

ちょうどいいので、前回は食べられなかった【わっぱ飯】を夕飯に食べて、風呂に入ってから寝てみた。

そして、スマートフォンの目覚ましで朝の六時ぐらいに起きると、そこは……異世界！


……ではなく、やはり足柄ＳＡ《サービスエリア》だった。

オレはそこから慌てて帰路について、そのまま出社した。

遠いので、遅刻寸前となってしまった。

さすがにこの前のミスをした上に、遅刻とかしたらアウトだろう。

危ないところだった。

ともかく、異世界に行く方法がわからなくなってしまったのだ。

だが、なんとかして行きたい。

こういう場合、どうしたらいいのだろうかと悩んだ。

そういえば、ライトノベルなどには異世界に行く話がたくさんある。

もしかしたら、参考になるかもしれないと思い、いくつか買って読んでみることにした。

結構多いのは、死にかけるパターンだ。

もしくは、死んで転生するパターンとかだ。

確かにオレは、戻ってくる時に死にかけていた。

なにしろ、車ごと崖にダイブしたのだ。

ならば、同じようにこちらでもダイブすれば、異世界に行けるのではないかと思った。

だが、もっとよく考えたら、最初に異世界に行った時、そんな危ないことはしていなかった。

だいたい、異世界に行けず、本当に死んだら困る。

（つーか、この現象に名前をつけるか……）

ちょっとした逃避的思考かもしれないが、「異世界に行く現象」に名前をつけようと考えた。

頭の中で整理していても、「異世界に行く現象」と長ったらしく言うより、「ワープ」とか「トリップ」とか、なんか名前をつけた方がわかりやすい。

（そういえば、あの住職、オレのことを「シフター」とか呼んでいたよな……）

そのことを思いだして、オレは「異世界とこの世界の間を移動すること」を「シフトチェンジ」と名づけることにした。

まあ、「シフト」だけでもいいような気がしたが、車に乗っておこなうので語呂合わせだ。

ちなみに、「異世界に行く」のが「シフトダウン」で、「この世界に戻る」のが「シフトアップ」と呼ぶことにした。

かっこいい。

名前をつけたら、すごくかっこいい気がしてきた。

読み漁った、ラノベの主人公になった気分だ。

（……うん。つーか、たぶん、どーでもいいことなのはわかっているんだけどね）

ただ、おかげで、大事なことを思いだしたのだ。

というか、こんな大事なことに、今まで気がつかなかったのが、さすがオレだ。

異世界に行けたのは、あの住職がオレに何かしたからだ。

あの住職に訊けば、シフトチェンジのしかたがわかるに違いない。

だから、オレはあの住職がいた【九鬼寺《くがみでら》】を目指した。

……ところが、たどりつけないのだ。


目の前に見えるのに、そちらに近づけない。

ナビの地図にあの寺のある小さな山は載っていない。

どう走っても、あの寺に近づけないのだ。

しかも、どんなに周囲を回りこむように走っても、なぜか遠目に見えるのは、寺の正面側だけなのだ。

どこに行っても、側面や裏面を見ることができない。

いや。

それどころか、オレはこともあろうに寺を見失った。

動かず、そこにあったはずの寺が、道をまわりこんでみたら、小さな山ごと、どこにも見えなくなっていたのだ。

正直、ぞっとした。

だが、それ以上に、がっかりした。

こうしてオレは異世界に行けないまま、一週間を過ごしてしまっていた。

そしていつしか、異世界は夢物語だったと考え始めたのである。

02

二泊目

SLEEPING OVERNIGHT
IN MY CAR IN ISEKAI

第二三話：夢オチかと思ったけど……

幼い頃は勉強していい成績を残して、両親に褒められようとがんばっていた。

優秀な兄貴にも、それほど差をつけられていなかったと思う。

でも中学校あたりから、兄貴との差を感じるようになってきた。

そしてその差は、だんだんと大きくなっていく。

あとから考えてみれば、それは集中力の差だったんじゃないかと思う。

なんかオレは兄貴みたいに、長時間の集中ができなかったのだ。

そして大学試験を失敗して、滑り止めになんとか入れた時にオレはあきらめた。

明るい未来が待つ兄貴を追うことをやめ、大会社で働く立派な両親の期待から逃げることにした。

大学ではフラフラと遊びまくり、親のコネで入った今の会社でも適当に過ごしていた。

だからこそ、あんな問題をおこしてしまったのだと思う。

逆に言えば、そのおかげで異世界に行けたとも言えるのかもしれない。

異世界でドライブして車中泊。

そんな不思議体験から、二週間が過ぎた、今日。

土曜の夜。

オレは、また異世界に来たらしい。

なんで異世界だとわかったかといえば、もちろん景色だ。
愛車【アウトランナーPHEVエボリューション】で車中泊したのは東京近郊。
しかし目の前に広がっているのは、西部劇も真っ青な感じの荒れ果てた荒野だった。
オレが知る限り、関東地方にこんな風景はない。
（つーか、なんでいきなり来られたんだ？）
最初に異世界に行き、元の世界に戻ってから二度ほど車中泊を試してみた。
しかし二度とも異世界への移動——シフトチェンジ——は、発生しなかったのだ。
いったい失敗した二度と、今回の何が違っているというのだろう。
とりあえずオレは、これまでのことをふりかえってみた。

◆

異世界から帰ってきて、一週間経った土曜日。
オレは、「夢を見ていた」という結論に達していた。
自宅で車中泊してもダメ。
最初に異世界転移《シフトチェンジ》した、足柄ＳＡ《サービスエリア》でもダメ。

さらに言えば、あの不思議な住職がいた謎の【九鬼寺《くがみでら》】の場所もよくわからなくなってしまった。

というか、あの寺も最初から存在しなかったのではないかと考えた。

あの時、オレは精神的にやばかった。

そんなオレは、妄想を現実だと思ってしまったのではないかと思えたのだ。

ネコ耳ウサギ尻尾の娘【キャラ】が残したリンゴも、実は呆《ほう》けていた自分がどこかで買ったものだったのではないか。

一見、強引な気もするが、その方がまだ信じられる話だ。

（そうだな。きっとそうだ。疲れてるんだ、オレ）

その結論に達したオレは、疲れを癒やすために次の週末、温泉を楽しむことにした。

実は温泉とか大好きだ。

ただ疲れているので、あまり遠くではなく東京近郊がいいだろうと思って探したところ、【道の駅しょうなん】というのを見つけた。


ところで、【道の駅】というのを知っている人は多いのだろうか。

オレなんかは、つい最近までなんとなく聞いたことがある程度だった。

車中泊するようになって、初めて詳しく【道の駅】について知ったのである。

【道の駅】とは、長距離ドライブをおこなう人たちのための休憩所を提供すると共に、地域情報の発信源や、その地域の活性化ができる観光スポットとなるよう、国土交通省が主体で建設している施設……ということらしい。

細かいことはおいといても、とにかく食事処があったり、場合によっては地域のおいしい物が食べられるグルメスポットがあったりする、大きな駐車場ということになる。

しかも二四時間使えるトイレがあり、無料で駐車場を利用できるときている。

車中泊する人は、この利点を利用する。

これで少なくとも、宿泊代がただになるわけだ。

もちろん、ここは観光資源なので、現地でお買い物したり食事をしたりして、言い方はいやらしいけど金を落としていくのがマナーだろう。

しかし宿泊場所として考えると、もうひとつ「風呂」という要素が必要になる。

【道の駅】でも風呂を併設しているところは少なく、通常は近くの入浴施設で風呂をすませてから【道の駅】で車中泊するのだ。

しかし、先ほど見つけた千葉県にある【道の駅しょうなん】は、東京近郊では珍しい温泉施設が併設された（というより別施設だけど隣にある）【道の駅】だった。

場所も遠くないし、条件はすばらしい。

オレはさっそく、土曜の夜に行ってみることにした。

「近くなら車中泊しないで帰ればいいじゃん？」という意見もあるかもしれない。

まあ、確かにそういう意見もある。

しかし温泉でがっつり温まったら、なにをしたくなるか考えて欲しい。

……ほら、飲みたくならないか？

アワアワでキーンと冷えたアレだよ、アレ！

ビールだ！

……ああ。アルコールがダメな人もいるかもしれないけど、オレは好きだ。

でも、車だとなかなか飲めない。

そういう時に嬉《うれ》しいわけだよ、車中泊。

温泉で温まって、ビールかっ喰《く》らって、すぐに寝る。

翌日もチェックアウトとか、そんなの気にせずゆっくりとモーニングコーヒーを楽しむ。

これが非常にはまる。

というわけで、夕方には【道の駅しょうなん】に向けて出発したのだ。

第二四話：ちゃんと異世界に行き……

――【道の駅しょうなん】

千葉県で八番目にできた【道の駅】で、柏市《かしわし》の県道船橋我孫子《あびこ》線手賀《てが》大橋のたもとに造られている。

手賀沼の畔で、ここを拠点に観光が楽しめる……ということになっているが、ぶっちゃけそれほど目玉になる観光資源はなさそう。

まあ、少なくともオレの感想ではね。

サイクリングコースがあり、自転車をレンタルできるので、もっと早い時間に来て走ったら気持ちよかったのかもしれない。

施設的には、【道の駅】ではお約束の「農産物直売所」があって、地元の農家から直売されている。

オレがついた時には、もうめぼしいものはほとんどない感じだった。

こういうのは朝一番に行かないとダメらしい。

ただ、生の落花生って初めて見た。

蒸《ふ》かして食べると、ソラマメみたいな感じで柔らかくうまいらしいが、オレには想像がつかない。

こういう食材を買って、自分で料理したらうまいのかもしれない。

キャンプするなら、料理も勉強したくなってきた。

ちなみに今のオレのレパートリーは……おにぎりだけだ。

昨夜、ためしに作ってみたが、意外に形になった。

もしかしたら、オレにはおにぎり作りの才能があるのかもしれない。

飯といえば、中華系メニューがメインのレストランもある。

ぱっと見た感じ、普通かなと思うが、なんか柏でとれたカブのソフトクリームとかあって驚いた。

正直、うまそうじゃないと思ったが、ネットで調べたところ「うまい」と書いてある。

ならばと、興味本位で買ってみた。

確かにうまかった。

クリームにカブが練りこんであるらしいが、癖はあまりない。

ちょっと変わった風味が新鮮で、あっという間に食べてしまった。

さて。今回の目玉である最寄りの入浴施設、手賀沼観光リゾート【天然温泉　満天の湯】は、県道八号線を挟んで反対側にある。

トンネルとか作ってくれれば便利なのだが、すぐ目の前なのに大回りして信号を渡らなければならないので、ちょっと不便だ。

施設に入ってみると、非常にきれいだしかなり大きい。

風呂もいろいろと豊富にあり、露天風呂やサウナ、岩盤浴もある。

中には食堂施設や茶屋があったので、オレはそこで夕食を取ることにした。

これがなかなかうまい。

季節メニューとかもそろっている。

入場料を払わないと入れないが、こっちの食事の方がオレは好みだった。

温泉は、ゆっくりと楽しめた。

温泉から出た時には、「異世界」なんて完全に妄想だと思うようになっていた。

ネコ耳でウサギ尻尾の【キャラ】なんていう娘は、オレの妄想が作りだした産物——脳内嫁みたいなもんだ。

気持ちよくビールを飲んだら、もう完全に異世界のことなんて忘れていた。

オレは、車に戻ってすぐに車中泊の準備にかかる。

今までは椅子を倒して寝るだけだったが、今日は違う。

まず、荷物をどけて荷室《ラゲッジルーム》と後部座席をフラットにして、そこにインフレーターマットを広げた。

このマットは、隅についているバルブを開くだけで、静かに膨らみだすのだ。

空気入れでシュコシュコとやる必要がない！

うむ。これは便利だ。

先に歯磨きやトイレなどをすませて戻ってくると、マットはかなり膨らんでいた。

これなら寝ても背中が痛くなることはなさそうだ。

バルブを閉じて、電気毛布を敷く。

次に、窓にシェードを取りつける。

これは、ホームセンターで買ってきた保温アルミシートを自分でカットして、窓枠にはまるようにしたものだ。

目隠し効果と、高い保温効果があると、ネット情報で見たので作ってみたのだが、本当にそのとおりだった。

きちんと作れば、結露防止にもなる。

ただオレは適当に作りすぎて隙間だらけとなり、そこに結露ができてしまった。

まあ、性格が適当なのでしかたないか。

(ガソリンも満タン。充電もよし!)

オレは温かくなった電気毛布にくるまって、とっとと寝てしまう。

温泉に入り、酒をかっ喰らって寝る。

仕事の疲れもぶっ飛ぶ……ってか、仕事への意欲もぶっ飛ぶ。

(働いたら負けだと思えてきた……)

もともと仕事は嫌いだから、意欲なんてないか。

でもオレに唯一、期待をかけてくれるキャラには応えたい。

(つーか、脳内嫁になに言っているんだ、オレは!)

少し自嘲しながら、眠りについた。

◆

そしてオレは今、異世界にいる。
夢オチでも、幻覚でもないらしい。
条件はまったくわからないが、ちゃんと異世界転移《シフトチェンジ》していた。
気になることといえば、夢を見たことぐらいだろう。
誰かに「助けて」と言われる夢。
前回の時はどうだっただろうか。
そういえば、なんか呼ばれた気もするが……覚えていない。
まあ、とにかく異世界に来ることはできた。
ただし、周りは前回のような木々の豊富な風景ではなく、荒れ果てた大地だった。
地面は乾燥してひび割れ、草木の姿も見えない。
動物の姿も見えない。
ただただ、黄土色の大地が、空の青とつながるまで広がっている。
少し外に出てみたが、からっからの風がたまに舞い、砂埃《すなぼこり》をまきあげる。

部分的に砂漠化しているのか？

さらに、陽射しが焼けるように暑い。

これは、かなり過酷だ。

（予想外……つーか、ヤバイな……）

ナビを見るが、前回と同じように場所は【道の駅しょうなん】のままだ。

ＧＰＳはやはり取得できていない。

オレは遠くを見わたした。

人里や森が見えないか探した。

が、見あたらない。

しばらく走ってみるしかなさそうだが、問題はこの暑さだ。

すでに車内の温度がかなり上がっている。

なにしろ、目覚めの一言は、「つーか、あちぃよ！」だった。

すでに背中に汗がにじんでいる。

窓を開けて走ればかなり違うだろうが、砂埃がけっこう舞うので車内が大変なことになってしまうだろう。

しかしエアコンをつけると、非常にガソリンの燃費が悪くなる。

エアコンは、電気食いなのだ。

結果、ガソリンを使うことになってしまう。

ぶっちゃけ、こんなところでガス欠になったら、まずまちがいなく死ぬ。
干からびた、スルメイカのようになる自信がある！
（とはいえ、背に腹はかえられぬ……）
このままでは熱中症になりかねない。
オレは一か八か、エアコンを入れてから、適当に車を走らせはじめる。
エアコンは弱めにしてエコ走行。
充電されていた電気がどんどん使用されていく。
ガソリンがなくなる前に、どこかに退避しなければならない。
アウトランナーは、砂埃を上げながら走り始めた。
退避場所を探すため、あたりを注意ぶかく見ながら進む。
（……なんだ、あれ？）
それを見つけたのは、走りだしてから一〇分後ぐらいだった。
オレは訝《いぶか》しんで、少し手前でとめた。
黄土色の大地に転がる、砂をかぶったグレーの塊。
よく見れば、なんか人の足のようなものが見える。
オレは車をゆっくりゆっくりと警戒しながら進め、途中で気がついた。
それは、倒れた人間だったのだ。

第二五話：少女を拾った。

オレが見つけたのは、キャラ……ではない、別の少女だった。

考えてみれば、そんな都合よく遇えるわけもない。

異世界だって広いのだろう。

キャラは一六歳と言っていたが、目の前の少女は中学生にもなっていない感じだろうか。

まだ一〇歳前後ぐらいに見える。

そしてネコ耳もないし、尻尾もない。

変わったところといえば、仮装用ウィッグでもつけているのかと思うような、水色の長い髪をしているることだろう。

ただ、その水色も砂埃にまみれているせいか、薄黒く奇妙な色合いになってしまっている。

それに整った顔立ちをしていると思うが、元の色がわからないぐらい肌も汚れていた。

そして両手首には、少女の体には不釣り合いな大きな木製の手枷《てかせ》がつけられていた。

さらにそこには、千切れた鎖が短くぶら下がっている。

（これはまさか……。つーか、それよりも）

オレは改めて彼女の顔を見る。

見れば唇などはひび割れていて、潤いの欠片も感じられないほどだ。

「体が熱い……。このままじゃ……」

オレは慌てて少女をお姫様抱っこして、アウトランナーの日陰まで連れていった。

マットを広げている暇はないから、とりあえず荷室《ラゲッジルーム》にレジャーシートを広げ、少女をそこに寝かせる。

車内は窓に手作りシェードをつけたままで、クーラーを効かせている。

つまり、もう別世界の快適さだ。

オレは積んでおいた水を出してきた。

これをなんとか飲ませてやりたいが、なんか気を失っている人に水を飲ませるのは誤嚥《ごえん》するから良くないとか聞いたことがある。

（なら、どーすりゃ……）

とにかく水分を与えた方がいいと思い、オレは持っていたきれいなタオルに水を多めに染みこませた。

そしてそれを唇にあて、水滴で唇を湿らせるようになぞっていく。

まるで口紅でも塗るように。

「――なっ⁉」

一瞬、本当に一瞬だったが、唇がほのかに光を放った。

それは喩《たと》えるなら、輝くルージュって感じだ。

（なんだ、これ⁉　なんで光って……つーか、それどころじゃねーな。異世界だし、こんなこともある――）

――コクンッ

オレが混乱している間に、唇についた水滴を少女が呑《の》みこんだ。

気がつくと、さっきまでカラカラだった唇が、もう潤いを取り戻してプルンッとしている。

なんとも不思議な感じだが、助かるならよしってことで、オレはさらに唇を水滴で浸すようになぞった。

と、少女の瞼《まぶた》が痙攣《けいれん》するように動き始めた。

そしてゆっくりと、その瞼が開きだす。

「おっ！　気がついたか？　大丈――」

オレの気づかう言葉は、少女にいきなり突き飛ばされることで遮られる。

ただ突き飛ばすといっても力がほとんど入っておらず、体が少し離れる程度だけど。

「な、なんもしねーよ！　怖くないぞ？」

オレの言葉に、彼女は外套《がいとう》と同じようなグレー系の瞳をめいっぱい見開き、オレを睨《にら》んだ。

同時に腕を自分の唇にあてる。

「あ、つーか、唇をいじっていたのは、水をあげようとして……えーっと、あー……言葉、わかる？」

「…………」

警戒している、超警戒している。

グレーのフード付き外套の下に、クリーム色のチュニックを着込み、体のラインはよくわからない。

しかし、その小さい体が震えているのが分かる。

オレから逃げるように背を丸めながら、少しずつ後ずさっていく。

「こ、困ったな……。えーと……あ！　ほれ、水だ、水。しかも、六甲山のおいしいわき水だ……」

オレはコップに残っていた水をさしだす。

だが、なかなか近づいてこない。

まるで、おびえる動物に餌でもあげている気分だ。

オレはしかたなく、コップを彼女の方に置いて自分は離れた。

ジリジリと焼いてくる太陽に堪えながらも、笑顔を見せる。

「ほれ。つーか、早く飲めよ。貴重な水に砂とか入ると困るぞ」

それに車の中にも砂が入りそうだ。

「………」

すると彼女は、四つん這《ば》いで近寄り、さっとコップを取って口に運んだ。

が、少し慌てて飲み過ぎて咽《む》せる。

「だ、大丈夫か？」

「………」

オレが心配して近づくと、彼女はこちらを警戒して後ずさる。

こりゃ参ったな、どうしたらいいんだと悩んでいると、彼女は突然、眩暈《めまい》がしたように、その場に倒れてしまったのだ。

◆

オレは彼女が気を失っている間に、外套を脱がせてとにかく冷やすことを考える。

たぶん熱中症とかだと思うので、氷でもあれば良かったんだけど、さすがに持ってきていない。

しかたなく、彼女のおでこや首筋などに使い捨ての貼る冷却シートを貼りつけた。

本当は脇の下とかに貼るべきなんだろうけど、なんかエロいことしていると勘違いされそうなのでやめとく。

しかし、救急箱に入れておいて良かったと、改めて自分の先見の明を讃《たた》える。

偉いぞオレ。

(運転は気をつけて、そーっとしないとな……)

気を失っているので椅子に座らせるわけにも行かず、オレはマットを広げて彼女を寝かせた。

その頃になると、彼女の呼吸もかなり落ちついたものになっていた。

普通、こんなにすぐに回復するものなのだろうか……知らんけど。

「ああ、めちゃくちゃあちぃー！」

やっと運転席に戻ったオレは、思わず大きな声で愚痴を吐いた。

すると、背後から物音がする。

振りむけば、さっきまで気を失っていた少女が、辛そうにしながらも上半身を起こしていた。

そして不思議な顔をしてオレを見てから、周囲を見まわし、おでこや首に手を触れた。

「ああ、それ剝がすなよ。体を冷やしているやつだからな。それにここ、涼しいだろう？　おとなしくして体、冷やさないとな」

できるだけ穏やかに言ったのが良かったのか、彼女は怖々としながらも静かにこくりとうなずいてくれる。

どうやら、また言葉が通じているらしい。

「つーか、問題はどこに行けばいいのかだなぁ……」

エアコンを効かせているとすごい勢いで電力を消費してしまう。

なるべく早く砂漠を抜けないと……と思っていると、座席の横から顔を覗《のぞ》かせて、フロントガラスの向こうを指さした。

「……あっちに向かっていたのか？」

静かにうなずいてから、少女はまた脱力するように崩れる。

「ああ、もう寝てろ。あっちに向かってやるから！」

彼女は、自分の家に向かっていたのだろうか。
それなら、あっちに村とかあるに違いない。
どうせ行くあてもないし、オレはアウトランナーをそちらに向けて走らせはじめた。

第二六話：無言の少女と……

少女が再び目を覚ましたのは、彼女を拾ってから数時間後だった。

そして今いるのは、拾った場所から三〇分ほど走った場所にある安全地帯。

少し前から開けっ放しになっていたテールドアから、彼女は四つん這いになって上半身を覗かせた。

キョロキョロと周りを見て、オレと目を合わせる。

「おはよう……は、変か。つーか、もう日が傾きはじめているしな」

「…………」

少し警戒しながらも、彼女はゆっくりと荷室《ラゲッジルーム》から地面に降りた。

彼女が着ているのは、頭からスポッと被る貫頭衣だ。腰で長さ調整するように帯のような布で縛っている。

ヒップは服で隠れており、そこから厚手のズボンが伸びていた。

薄汚れた顔に、茶色く色が変わった包帯のようなもので作られた手袋。

こちらの世界のことはわからないが、決して裕福そうな服装ではない。

ただ、その鮮やかな青い髪だけは、汚れながらも、どこか高貴さのようなものを感じさせる。

それはもしかしたら、単にアニメでしか見たことないような珍しい色のため、そう感じるだけかもしれないけど。

「体調は平気か？　つーか、なんか飲むか？」

オレは、大きなヤシの木のような木の下で、椅子とテーブルを広げていた。

テーブルの上では、先ほどまでコーヒーメーカーが黒真珠のような雫《しずく》を垂らしていた。

もちろん、こんな小さな子にコーヒーを飲ませたりしない。

ちゃんとキャラを虜にした、魔法の粉もたっぷり用意してある。

ただ、今は暑いから水の方がいいかもしれない。

オレは水もあるぞというジェスチャーのため、テーブルの上のペットボトルをかるく持ちあげてみせる。

「…………」

彼女は草の生えた地面をゆっくりと、こちらに向かって歩いてくる。

そのまま、オレの正面に座った。

「つーか、その前に……」

オレはずっと気になっていた彼女の手首を見て言った。

「その手枷、アクセサリーとかじゃないよな？　……取る？」

「…………」

瞬間、オレが何を言ったのか理解できない顔だったが、彼女はゆっくりとテーブルの上へさしだすように両手をのせた。

オレはアウトランダーに戻り、電動ドライバーを取りだす。

ドライバーの先端を付属の金属ドリルに変更。

ほとんどおまけみたいな工具なので、それほどパワーはない。

でも、彼女のつけている手枷はほとんど木製だったし、金属パーツもそんなに頑丈そうに見えなかった。

実際、鍵穴のところをドリルでぶち抜いてやると、手枷は簡単にはずれた。

「…………」

彼女は自分の両手首を見て、安堵《あんど》の笑顔を見せた。

そして、深々と頭を下げる。

本当に礼儀正しく、そして物静かな少女だ。

「そんじゃ、これ……」

オレは水を入れたステンレスコップを目の前に置く。

最初、彼女は不思議そうにコップを見るが、手に取るとすぐにゴクゴクと勢いよく飲み干す。

その頬がゆっくりと上がり、幸せそうな微笑を浮かべる。

「おかわりは？」

オレの言葉に、目を見開いて疑問を浮かべる。

そのグレーの瞳は、「いいの？」と尋ねている。

まあ、飲み水は砂漠で貴重品だ。

確かに気楽に飲んでいいものではないのだが、まだ小さいのに、そんな気づかいができるとは大したものだと思う。

彼女につられたわけではないが、オレも無言のままこくりとうなずき、彼女の背後を指さす。

その指先につられるように、彼女がゆっくりと背後を向く。

オレの意図した風景に気がつき、少しずつきれいなグレーの瞳を見開き、彼女の横顔がほころびだす。

それを確認してから、ペットボトルを突きだす。

「…………」

納得した表情で向きなおると、彼女はコップをオレに渡してきた。

オレは、それに水を注ぎこむ。

木漏れ日を呑みこむ澄んだ水が、コップの中へ踊るように降りていく。

その様子を彼女は、水に負けないぐらいキラキラとした双眸《そうぼう》で見つめる。

水を注ぎ終わったコップをゆっくりと持ちあげ、今度は味わうようにチビチビと飲み始める。

切れ長の目尻に、涙を浮かべている。

きっと彼女は今、この一杯に生きる力をもらっているのだろう。

その様子を見ながら、オレは淹《い》れたてのコーヒーを口に運ぶ。

香ばしさに、オレの心も妙に落ちつく。

「…………」

「…………」

何も聞かない、何も説明しない。

無言の時が愛しく感じられ、いつもの軽口さえでてこない。

木陰に座る二人の間に、すぐ横にある泉の水面を撫《な》でた、少し涼しい風が吹く。

拾った見知らぬ少女とティータイム。

ここは砂漠の中に忽然《こつぜん》と現れたオアシス。

オレは、初めてオアシスで車中泊するのだ。

砂漠といっても、砂だらけというわけではない。

どちらかというと、先ほども言ったとおり荒野という単語の方が合うだろう。

彼女に示されるまま、乾燥した砂埃が舞う道を進んだオレは、大きな岩山を見つけたのだ。

それは、まるで円形を描く壁のように存在していた。

気になって周辺を走ってみると、アウトランナーが入れるぐらいの切れ目を岩山の壁に見つけた。

そして、その切れ目の向こうにあったのが、このオアシスだった。

オアシスは、岩山の壁に囲まれたクレーターのようになっていたのだ。

最初は凶暴な獣とか巨大昆虫とかがいないかと、怖々と探りをいれながら入っていった。

しかし、中はさほど広くなく、特に大きな動物もいなかった。

岩山に囲まれた、一五〇メートル四方ぐらいの空間。

その中央あたりに、非常に澄んだ泉が鎮座していた。

泉の半径は、六〇メートルぐらいだろうか。

それほど大きくはないが、岩山のおかげか砂塵も入りにくく、草木が育って壁の外とは別世界となっていた。

特にこのオアシスの周りの気温の低さに驚いた。

太陽が真上にあるとさすがに辛いが、日が少しでも傾けば、木々の木陰や岩山の陰で気温がグッと下がるのだ。

オレは車も日陰に入れ、そして彼女が起きるまでテーブルを広げてのんびりしていたのである。

異世界には行けないと思っていたオレだが、行くためにいだめした食料などはけっこう積んだままになっている。

だから、ここで慌てて魚を釣ったりとか、食べられる蛇を探すとかのイベントはやらなくても平気だろう。

つまりオレは今回、あまり慌てていなかった。

（これでスタイル抜群の美女が同席だったら最高だけどね……）

オレは横目で少女の様子をうかがう。

うん。たぶんきれいな顔立ちをしている。

きっと大きくなったら、地味ながらそれなりの美人に育つのではないだろうか。

まあ今は汚れすぎて、美人かどうかもよくわからないが。

そこでオレは、ぱっと閃《ひらめ》く。

目の前には大量の水があるじゃないか。

これを活用しない手はない。

「よし。一緒に水浴びでもしようか！」

「…………」

心なしか、彼女の視線が少し冷ややかなものになった気がした。

「……訂正。一人ずつにしよう」

「…………」

まるで「当然」とでも言いたいように口を少しへの字にして、力強く首肯した。

一〇歳ぐらいまでは気にしなくていいかなというオレの常識は、どうやらアウトだったらしい。

今度、姪《めい》っ子が「一緒にお風呂入ろう」と言ってきても断ることにしよう……。

第二七話：水浴びをして……

まずは、オレから水を浴びた。
危険がないか確認するためだ。
一応は、大人だからな。
レジャーシートを敷いて、その上に着替えを置いておく。
もちろん、真っ裸だ。
少女にオレの魅力的な裸体は目の毒なので、後ろを向いていてもらう。
（ウソっす。見られて恥ずかしいのはオレです……）
ほとんど筋肉がついておらず、貧弱だ。
好き好んで見る奴などいない体である。
（つーか、水がすんげーきれいだなぁ……）
水面は少しだけ赤らんだ陽射しを返すも、底まで見えるぐらい澄んでいる。
砂がサラサラと囁《ささや》くように流れている。
危険な生き物とかはいない……と思いたい。
オレは足先から怖々と入ってみる。
水は、ほどよく冷たい。

（うおっ！　気持ちいい！）

こんな暑い中で水遊びするのは、やはり気持ちいい。

しかも、真っ裸で開放的になり、砂漠のオアシスで水浴びするなんて滅多にできることではない。

今なら、咎《とが》める者は誰もいない。

それだけでも贅沢《ぜいたく》な気がして、いい気分だ。

泉は、さほど深くはなかった。

奥の方に行くと、少し足が届かなくなるぐらいか。

泳ぐこともできるし、このまましばらく遊んでいたいところだが、早めにあがることにする。

あまり遅くなると、日が陰ってしまう。

彼女の沐浴《もくよく》が、寒くなってはかわいそうだ。

汗と砂、そして余熱が流れたので、オレは少女と交代することにした。

まず、石けんを渡す。

キャンプ情報などをネットで調べて、石けんはあまり使うなということだったが、一応は「生分解性自然素材」とか書いてあるのを手にいれてみた。

実は車中泊で石けんを使うことはあまりないのだが、異世界用に念のため持ってきていたのである。

前回来た時に、何度か石けんが欲しいと思うことがあったのだ。

「…………」

しかし、彼女は石けんを手にとっても、しばらく不思議そうに眺めていた。

「石けんだよ。つーか、石けんって知ってるか？」

オレの言葉に、彼女はこくりとうなずき腑《ふ》に落ちた顔をしていた。

加えて、タオルと着替えになりそうな物を渡してやる。

彼女は受けとりながらも、困惑した顔でオレに瞳で尋ねる。

たぶん、「使っていいの？」ということなのだろう。

オレは大きくうなずき、親指と人差し指で丸を作ってみせる。

すると、少女はやはり嬉しそうにうなずき、頭を下げる。

まったく、小さいながら本当によくできた娘だ。

オレなんて、この歳になって初めて本気で人に頭を下げたぞ……って、自慢にならないが。

「…………」

しかし頭を上げた彼女は、どこかまだ申し訳なさそうに上目づかいする。

なんだろうと一瞬、オレは迷ったがすぐに気がついた。

「ああ。安心しろって。オレはここに座って……」

泉に背中を向けて、オレは椅子に座る。

そして、タオルで目隠しだ。

「これでいいだろう？」

「…………」

声はしないが、なんとなくまた頭を下げた気配がある。

そして、レジャーシートのガサガサした音が聞こえる。

当然ながら、子供用の着替えの用意などはない。

そこでTシャツとワイシャツを貸す。

オレのワイシャツならば、膝近くまでは隠れるだろう。

スカート代わりになると思う。

これがもし少女ではなく、せめてキャラぐらいなら……いや、キャラでもまだ早熟だな。

スタイルはいいが、高校生ぐらいにそういうカッコをさせるのはちょっと犯罪くさい。

どうせなら、うちの会社の人気ナンバーツーである、美人秘書様にぜひ着て欲しい。

あの横長の眼鏡をかけた、性格のキツそうな、絵に描いたようなキャリアウーマンが、風呂あがりにオレのだぼだぼワイシャツを着て、オレにしか見せない甘い表情をしながらベッドでオレを待つ……ああ、憧れだ。

もちろん、そこに至るまでのシチュエーションも大切だ。

（そうだな……。あそこに行って、つーかあっちにも行って、食事して……どぅふゅふゅふゅふ……）

思わず想像して顔がにやける。

目隠ししているせいか、妄想がはかどり、二人のスイートな生活が頭の中で次々と展開されていく。

もちろん、オレのようなダメ平社員が相手にされるわけがないのだが、妄想するのは勝手だろう。

そう。妄想ならば、オレはハーレムを作れるし、金持ちになれるし、空さえも飛べる！

オレは自由だ！

——ツンツン

妄想暴走の最中、肩を突っつかれたので、目隠しの下を少しめくって覗いた。

「あ……終わったのか？」

「…………」

覗いた隙間から見えたのは、下から見上げるグレーのジト目。

まるでオレの妄想を責めているようだ。

オレは慌てて自分の頬をかるく叩《たた》いて、垂れ下がった目尻と口元を引きしめる。

そして目隠しを取りながら、いきなり言い訳。

「い、いや、違うんだ。つーか、覗いてにやけていたわけでもな——」

と、そこまで言ってから、オレは思わず息を呑んだ。

目の前にいたのは、鮮やかな蒼《あお》い髪と、信じられないほど澄んだ真っ白い肌をした、恐ろしく可《か》憐《れん》な美少女だったのだ。

第二八話：おにぎりを食べたら……

オレの記憶の中で一番近い色は、夏にダイビングに行った沖縄の海だ。

蒼くも白くもあり、太陽があたればキラキラと光を返す。

汚れていた時は、安物のウィッグのような、いかにも偽物っぽい色に見えた。

しかし、灰かぶりのようになっていた埃《ほこり》が流され、夕映えの光に照らしだされた髪は、安っぽさの欠片もない。

それはまるで自然の象徴のようで、オレが今まで見た中でもっとも美しい蒼だ。

そして、その肌の色も尋常ではない。

よく「透きとおるような」という形容があるが、それを初めて実感した。

透きとおる白妙《しろたえ》。

いや。そんな格好つけた喩えより、もっとわかりやすく言えば、薄桃色の器に盛られた、炊きたてのあきたこまちだ。

それも違うか？

とにかく肌荒れをおこしているはずなのに、それでもまちがいなくきれいだ。

玉の肌をもつという、我が社の「みんなのアイドル的存在ベストテン」の三位も敵わない。

そこに子供とは思えない、切れ長で美しい明眸が、グレーに輝いている。

筋の通った形の良い鼻。

まだ荒れが残っているものの、茜色《あかねいろ》をした艶やかな唇。

子供の幼さと、大人の美しさが融合した冗談のような美少女だ。

そんな少女が、オレの紺のTシャツを着て、その上からワイシャツを羽織っている。

ワイシャツはボタンの留め方がわからなかったのだろうか、前が開けっ放しだ。

もしTシャツを着ていなかったら、恐ろしいことになっていただろう。

そんな姿を見れば、かなり多くの男たちが道を踏みはずすに違いない。

「…………」

ただの小汚い少女から、絶世の美少女への豹変《ひょうへん》を目の当たりにして、オレはどのぐらい呆けていたのだろうか。

あまりに動かなくなったオレに、少女が首をかしげて両手を伸ばしてくる。

小首をかしげる仕草にくわえ、長すぎて手が出ずに袖をブラブラとさせるかわいさ。

これで袖を口元にあてて、「あなたのにおいがする」とか言われたりしたら、オレも道を踏みはずしたかもしれない。

「つ、つーか……すげー、美少女……あっ！」

「――!?」

オレは思わず、感嘆を口からもらしてしまう。

その言葉に、少女はボンッと顔を紅潮させて背後を向いてしまう。

これはやばい。

まるっきり幼女を口説く変態ではないか。

これでは、彼女も不安になるだろう。

こんな他に誰もいない、助けを呼んでも誰も来ず、逃げることもできない場所で、二人きりなんて……。

（邪魔者もいない……誰も見ていない……二人きり……）

ふと悪魔が囁いた気がした。

いやいや、まてまて。

オレは外道ではない。

それにオレの好みは、やはりナイスバスト、バストだ。

だが、彼女の美少女パワーは、そんなオレにさえ悪魔召喚させてしまうほどの威力があるということだろうか。

これは絶対、将来は魔性の女になるに違いない。

「あ、ああ……えーっと……水飲むか？　あ、や、待て。つーか、冷えるといけないから今から魔法の粉で、超うまいの作ってやるからよ！」

しどろもどろに話題を変えながら、オレはホットココアを作ってやった。

最初は訝しげにココアを見ていた彼女も、一口飲んだとたんに目を輝かせて飲み始めた。

やはり子供なのだ。

しかし、美少女の「フーフー」する姿は本当にかわいいと思う。

オレはこれからも美少女を見つけたら、熱い飲み物を与え続けることだろう。

◆

アウトランナーにつないだ電子炊飯ジャーで、二合の米を炊いた。

その後、ふりかけと、シーチキンの缶詰を使って、当初の予定どおりにおにぎりを作る。

本当はキャラに食べさせてやるつもりで持ってきたのだが、遇えなかったんだからしかたがない。

ちなみに、オレは料理はできない。

だが、おにぎりだけは練習した……といっても、一度作っただけだが、さすがに難しいものじゃない。

ネットで調べたところ、「ラップを広げてご飯を握れば、手につかず簡単に作れる」と書いてあったので、そのとおりに作ったら本当に簡単だった。

かるく形を作ったら、真ん中に穴を開けて具を入れて丸める。

具はシーチキンに醬油《しょうゆ》を少しかけただけだ。

そして、周りにふりかけや塩を振る。

次に海苔《のり》を切って、ごま油をわずかにまぶす。

その後にＩＨヒーターの上に鉄板を置いて、炙《あぶ》るように熱を通す。

本当は火で炙るのだが、ここは代用である。

そして熱がかるく通った海苔を握ったご飯に巻けば、完成だ。

香り立つおにぎりの完成である。

ラップでそのまま包めるので、お弁当にするのも簡単である。

「……………」

少女は、オレのやることをジーッと不思議そうに眺めていた。

キャラのように、「にゃぴょん!? 火がないのに焼けた！」とか、ひとつひとつうるさく驚くようなことはしなかった。

ただただ目を輝かせながら、オレの使う道具や食材を眺めていた。

「これは、我が国のソウルフード【ザ・おにぎり】。こう喰うんだ」

オレはできたてのおにぎりにかじりついた。

うん。ごま油が香り、食欲をそそる。

鰹《かつお》のふりかけがいいアクセントになる。

そしてシーチキンも合うではないか。

「ほれ。毒とかじゃないから。ただし、このうまさは中毒になるぞ！」

「…………」

彼女はパクついて、しばらくするとまた目を見開いた。

「――!?」

米の食感にとまどいを見せながらも、よほどお腹が空いていたのか、そこからただひたすら黙々と食べ始める。

オレの知っているガキどもは、空腹になれば所かまわず「お腹空いた」と騒ぎだす。

しかし、この少女は今までそんなそぶりも見せず、空腹を我慢していたらしい。

本当に嬉しそうに一心不乱、ただの一言も喋《しゃべ》らず、おにぎりを休みなく口に運ぶ。

(……つーか、もともと一言も喋ってなかったな、こいつ)

そこで初めて、その事実に気がついた。

だが、それはどうでもいいことなのかもしれない。

話せないのか、話さないのかわからないが、なんか知らんけどコミュニケーションは取れている。

それよりも今は、やることがある。

オレはおかわり用のおにぎりを握り始めた。

(次の具は、別のにしてやろう……)

第二九話：オアシス車中泊。

夜になると涼しくなってきた。

というより、かなり寒くなってきた。

砂漠って、昼と夜の温度差が激しいっていう話は聞いたことがあったような、なかったような。

でも、昼間との寒暖差は夏から冬に変わったかのようだ。

オレは飯の片づけをしたあと、すぐにシートアレンジを変更した。

助手席を倒して、後部座席とつなげる。

運転席側の後部座席は、前に倒してフラットにし、荷室《ラゲッジルーム》とつなげてインフレーターマットを半分に折っておいた。

購入したインフレーターマットは、幅一八〇センチはある。

大人二人が優に眠れるサイズで、荷室《ラゲッジルーム》より少し幅が長い。

しかし、アウトランナーの荷室《ラゲッジルーム》にはタイヤハウス（後部タイヤの出っぱり）が左右にあるため、真ん中あたりは一〇〇センチ程度しかとれない。

いくら大人と子供でも、かなり体を寄せあわなければならない。

そこで少女には、マットの上に寝てもらうことにした。

オレは助手席側に寝る。

まあ、それでもかなり近い位置で寝ることには変わりないが、外で寝るよりはマシだと納得してもらうしかない。

「……ってことでいいかな？」

「…………」

説明するも、彼女は少しだけ眉を顰《ひそ》めた。

そして荷室《ラゲッジルーム》を見てから、ふりかえってかるく首をかしげる。

どうやら、納得していただけない様子だ。

やはり、いたいけな美少女としては、見知らぬ男との車中泊は危険を感じるのだろう。

きっと彼女の親も、これだけかわいい娘ならば、常日頃から「知らないイケメンと車中泊してはいけません」と言い聞かせているはずだ。

ならば、オレを警戒してもおかしくはない。

むしろ、警戒する方が正しい。

「…………」

彼女は、ひょいと荷室《ラゲッジルーム》に腰かけ、どこか優雅に靴を脱ぐと足の砂をかるく叩く。

なんと行儀がいい子だと感心していると、彼女は奥へ入って助手席の背もたれを持ちあげようとする。

「あ、ああ。そのままじゃ動かないぞ」

オレは助手席側のドアを開けて、助手席のリクライニングを元に戻す。

すると彼女は、垂れ下がった袖の手で、倒されていない後部座席の背もたれを指した。

そこまでされれば、オレも察する。

「つーか、元に戻せってことね」

「………………」

まるで当然とばかりに、こくりとうなずかれれば、オレとしても言葉はない。

もう一度、言おう。

オレのようなイケメンなら、警戒されるのはしかたないのだ。

絶対に「きもい」とか「不細工」だから警戒されているわけではない。
イ、イ、イケメンだからだ。
……そう思わないとやるせない。

（つーか、オレは外でレジャーシートと寝袋《シュラフ》か。電気毛布だけ延長ケーブルで引っぱってくれれば死なない……よな？）

なぜだか、「オレの車なのになんでオレが外で寝るんだ！　不条理だ！　待遇改善を申し立てる！」というような不満はでなかった。

目の前の少女が望むなら、しかたないと思えてしまう。

もしかして、これがカリスマってやつなのだろうか。

これといって命令されているわけでもないのに、オレは逆らえずに彼女のペースに引きずられている気がする。

「これでいいのか?」

「…………」

少女がこくりとうなずく。

マットは荷室《ラゲッジルーム》いっぱいに広げられた。

少女一人が寝るには十分な広さである。

とりあえず、オレは歯磨きとトイレをすます。

トイレはちょっと離れた木の陰ですました。

彼女にも「これはティッシュで口とか拭く用、こっちはトイレットペーパーでトイレで拭く時用、こっちはキッチンペーパーで……」とさりげなさを装って説明してある。

さっきふと、姿をくらました時、トイレットペーパーがなくなっていたので用はすませているのだろう。

というわけで、あとは寝るだけだ。

ちなみに、このあたりに魔物はでないらしい。

オレが独り言のように「魔物とかでないよなぁ」と言ったら、少女がこくりとうなずいてくれた。

まあ、地元民《ジモティ》が言うのだからまちがいないだろう。

魔物ではないにしても、蛇とか蠍《さそり》とかでたらどうしようという不安もあるが、今のところは見ていない。

(今後はテントも積んでおくべきか。でも、もう荷物は積めなそうだしな……)

オレは寝袋《シュラフ》を出した。

そして平らそうな場所にレジャーシートを移動した。

その様子を荷室《ラゲッジルーム》から少女が見ている。

ひょこっと出た頭から伸びる蒼い髪が、サラサラと風に流れる様子は、もうそれだけで絵になる。

そういえば、肩甲骨を隠すほどの長髪が、いつの間に乾いたのだろうか。

かるくウェーブがかかっているようで、ふわふわとしている。

本当にどこか、メルヘンの国のお姫様のようだ。

姿を見るだけで、「なんでも、この子の言うとおりにしてあげよう」とか思ってしまう自分がいた。

「んじゃ、オレはここで寝るから。なにかあれば声をかけてくれ」

「…………」

すると、なぜかまた首をかしげる彼女。

瞳を見開き、「なんで？」の顔。

オレは何が不思議なのかよくわからなかったが、とりあえず「おやすみ」と告げようとした。

だが、彼女がオレを呼んだ。

長く垂れ下がった袖を振りながら、コイコイとしている。

その愛らしさに、オレはもう反射的に彼女に近寄った。

「……どーした？」

「…………」

彼女は四つん這いでマットの中央あたりへ移動した。

そして、その姿勢のままこちらを向き、袖を振って「おいでおいで」をする。

だぼっとしたTシャツのため、襟首が大きく開いてしまっている。

そこから覗ける谷間はないが、オレは思わず目を背けてしまう。

「い、いや、あの……つーか、なんなの？」

「…………」

今度は正座を崩し、お尻を床につけてペタンと座ると、目の前のマットをポンポンと叩いた。

そこまでされれば、さすがのオレも気がつく。

「……え？　一緒に寝るの？」

「…………」

彼女はこくりとうなずいた。

「——!!」

が、途端、今度はグレーの眼をハッとさせ、口元に手をあてる。

眦《まなじり》が下がる。

表情が曇る。

オレは瞬間的に察する。

「ち、違う！　別に一緒に寝るのが嫌なわけじゃねーぞ。つーか、むしろ、オマエの方が、オレなんかと一緒に寝ていいのかってのが……」

「………」

これまた「なんで？」と首をかしげる。

彼女は最初から、このつもりだったわけだ。

考えてみれば、当たり前である。

こんな遠慮深い少女が、持ち主をないがしろにして、自分だけ良い場所に寝ることなど考えるわけがないのだ。

要するに、オレの早とちりだったらしい。

「そ、そんじゃ、まあ……オレもそちらにおじゃまします」

「………」

「……あ。つーか、オレの車か」

オレがかるく笑うと、彼女も口元に両手をあてて笑う。

声というより、くっくっくっと息をもらす笑い方。

柔らかい笑顔を見せながら、彼女は肩を揺すっていた。

なんとかわいいことだろうか。

そしてかわいいだけではなく、どこか笑い方に優雅さまで感じさせる。

オレはその日、少女と触れあうぐらいの距離で車中泊した。

正直言えば、つきあっていた彼女と初めて寝た時よりも緊張していた。

でも、不思議と横から寝息が聞こえてきたとたん、オレも緊張が取れて深い眠りに落ちていった。

第三〇話：名を聞いて……

翌朝は、ロールパンを用意した。
これにチーズを挟みたいが、普通のチーズは保冷が難しい。
そこで思いついたのは、おつまみスモークチーズである。
コンビニでいろいろ商品を見ていたとき、これなら常温保存ができると気がついた。
それをフライパンで少し熱する。
さらにコンビーフの缶詰。
これも少し加熱した方がうまい。
そして、これらをロールパンに挟んで食べる。
初めてやってみたのだが、意外にいける。
目の前の美少女も、最初は物珍しそうな顔をしていたが、嬉しそうに食べている。
これにコーヒー（彼女はココア）、それにカップスープが朝食のメニューだ。
昨夜はおにぎり、そして今日はパン。
メニューとしては、少しさびしい感じもする。
しかし通常のキャンプと違い、車中泊での食事は外食が基本。
調理をするにしても、このようにかなり手軽なものになってしまう場合が多い。

それは、ともかくだ。

食事をしながら、オレはあることに頭を悩ませていた。

それは、自己紹介をするべきかどうかである。

ひとつ屋根の下（?）で、一夜を共にした（?）というのに、オレはこの少女の名前も知らない。

そして、彼女はオレの名前を知らない。

もちろん、オレから名前を名のるのはいいとしてだ。

問題は、彼女が話せないのだとすれば、彼女を困らせることになるということだ。

一応、ペンと手帳を用意したが、オレが彼女の書く字を読める保証はどこにもない。

もし、「これに書いて」と渡したのに読めなければ、なんとも対応に困りそうだと思ったのだ。

……ところが、実際に書いてもらったら、それはとりこし苦労だった。

彼女の書いた文字は、見たこともない文字なのに、不思議と読むことができたのだ。

――【アズゥラ】

ちょっと発音が難しい名前だった。

思わず「言いにくいから、『アズ』でもいいか?」と聞いたら、彼女は嫌な顔をせずにこくり。

本当にいい子である。

ちなみにオレは、「アウト」と名のった。

本名で名のらなかったのは、もしかしたら彼女経由で、キャラにオレの名前が届くかもしれないからだ。

あの、人の話を聞かないネコウサ娘は、きっとオレの本名など覚えていないだろう。

下手すれば、「アウト」も覚えておらず、「ラーメン」「コンビニおにぎり」しか記憶にないかもしれないが……。

ともかく、オレはアズとのコミュニケーションで文字が使えることがわかった。

つまり、彼女は話さないのではなく、話せないのだろう。

一方、オレは話せるし読めるのだが、なぜか字が書けなかった。

まあ、今は喋れればいいので問題はない。

次にオレは、まずどちらに向かうべきかを聞いてみた。

すると彼女は、オアシスの壁の外に行き、ある方向を指さした。

しかし、その方向には何も見えない。

「で、目的地まで歩きで何日？」

オレの質問に、彼女は少し悩んでから、両手の指をすべて立てた。

確認したところ、歩いて一〇日間ということらしい。

一時間で五キロメートル……いや、道の悪さから四キロとしよう。

一日、例えば七時間歩いたとして、二八キロ……わかりにくいから三〇キロとして、一〇日間で三〇〇キロということか？

ガソリンはまだあるから、あと四〇〇キロは走れるだろう。

ただ、エアコンを使うことを考えて、燃費を抑える必要がある。

ならば、時速五〇キロぐらいで走ったとして、六時間ぐらいで到着。

ただし、その目安が必ずしも正しいとは限らない。

（つーか、この距離をこの子、歩ききろうとしたのか。なんの装備もなく……）

もちろん、理由の予想はつく。

こんな美少女が、手枷をつけられていて、荷物もなく砂漠を歩いていたと考えれば、まずまちがいなく「逃亡中」だったのだろう。

きっと人攫《ひとさら》いにあったのだ。

こんなかわいい少女だから、十分に考えられる。

そして、どうやってなのかわからないが逃げてきた。

砂漠を装備もなく逃げるのなんて自殺行為だが、たぶんそれしか方法はなかったのであろう。

本当、偶然にも彼女を見つけられて良かったと思う。

こんな美少女が死んだら、この異世界の価値がワンランクぐらい下がったかもしれない。

彼女が死ぬなどもってのほかである。

オレは是が非でも、安全な場所へ送り届けたい。

とりあえずオレは、アウトランナーで彼女が示す方へ走ることにした。

◆

四時間ぐらい走ると、目の前に森が見えてきた。

砂漠地帯の終わりのようだった。

ガソリンは予想よりも残っている。

ずっと一定速度で走っていたおかげかもしれない。

オレたちは森の入り口で一度駐まり、昼飯にすることにした。

昼はカップラーメン。

アズは最初、とまどいながらも食べ始めていた。

彼女にとってはかなり不思議な食べ物だったらしく、何度も首をひねりながらも食べていた。

とはいえ、まずかったわけでもなさそうで、スープまできれいに飲み干していた。

（うーん。野菜が足らないなぁ……）

野菜はどうしても傷みやすいので、冷蔵庫がないとほぼ貯蔵しておけないのが難点だ。

もちろん、今まで砂漠地帯で現地調達もできなかったのだからしかたがない。

目の前の森には、食べられる野菜類などはあるのだろうか。

とはいえ、オレはそれを判別できないから、どちらにしてもどうしようもないのだが。

（山菜とかキノコとかの図鑑でも買ってみるかな……。異世界と一緒ならだけど）

その日は、その場で一夜を過ごすことになった。

もうゴールは目の前だと思うし、森には道らしきものもあり、アズ曰《いわ》くなんとか通れるとのこと。

だけど、速度はだすことができない。

午後から出発して、万が一にでも夜になるのはまずい。

やはり夜になると魔物がでるらしいのだ。

なんかキャラとの旅を思いだすなぁ。

ともかく、今夜はここで寝て、明日の朝一番に出発することにしたのである。


しかし、その夜。

オレは大変なものを見てしまう。

そしてオレは、ここが異世界であると改めて実感することになるのだった。

第三一話：抱きあって……

さて、夕飯である。

自分だけならば、あまり悩まないのだが、アズがいる以上、ある程度の栄養バランスを考えるべきだろう。

でも、ぶっちゃけオレは料理とかほぼできないし、それほど食材もない。

（とにかく野菜だよな。缶詰ってなにがあったっけ……）

本当はアウトランナーに冷蔵庫も積んでおきたかった。車用の冷蔵庫というのも存在するのだ。

だが、そんなに荷物も積めない。

というわけで、用意したのは缶詰。

まずは、コーンだ。

（トウモロコシって野菜だよな？　あれ？　穀物？　……まあ、いいか）

それから、マッシュルームの缶詰。

（これは野菜……だよな？）

よくわからないが、よしとする。

これをどうするかと考えて、やはりバター炒《いた》めがいいよなと思うが、バターなどない。

また「冷蔵庫欲しいな」に戻りそうなので、すぐにあきらめて別の味付けを考える。

とりあえず、ごま油があるので、これを使って炒めてみる。

もちろん、ＩＨコンロが大活躍である。

ＩＨコンロのいいところは、やはり手軽さだ。

炭火だと火を点《つ》けたり、後始末したりが大変なのだ。

（……でも、炭火焼もうまそうだし。それはそれでできるようにしておきたいな）

また、購入予定メモに記載が増える。

とりあえずフライパンで炒めてみると、ごま油のいい香りがする。

それに、醬油を少々垂らす。

塩、胡椒《こしょう》……はアズが嫌がる気がするのでやめて、仕上げにガーリックパウダーを少々。

ご飯はさっき炊いておいた。

しかも、オアシスの水で炊いている。

そう、異世界オアシスこまちだ！

といっても、水はそのままではない。

浄水器付きポットでろ過したものである。

あると便利かなと、ホームセンターで買っておいたオレ様、さすがだな。

ただ、ろ過した水をペットボトルに入れても、長持ちしないのが難点だ。

やっぱり水は、貴重だ。

今度は米も無洗米にするべきだろうか。

とりあえず、ご飯の上に炒めたコーンとマッシュルームを載せてできあがり。
「これぞ、コーンマッシュルーム丼！」
……つーか、そのままだな。
でもアズは、声なしの「おお！」という形の口で驚いてくれている。
ノリの良い子だな。
ちなみに、プラスチックのどんぶりには、ラップを巻いてある。
ネットで見たのだが、洗いものをださないためのテクニックらしい。
確かに水が貴重なシーンでは有効だ。
ただし、ゴミがでるデメリットとのトレードオフだな。
さて、コーンマッシュルーム丼だが、味は……今ひとつかな。
ちょっとなんか物足りない。
それでも、アズは喜んで食べてくれている。
うまいか聞いてみると、こくりとうなずいてニッコリ笑ってくれた。
（うーん。料理を勉強しちゃおうかな……）
なんか自分が作った飯を喜んで食べてくれるというのは嬉しいものだ。
しかし、どうせ食わすなら、もっとうまいものを食わせてやりたくなる。
それにこれからも異世界に来ることがあるならば、料理ができた方が良いだろう。
（つーか、帰る方法、まだわからないんだけどな……）

でも、なんとなくだが、帰れる予感があった。

そのためなのか、オレはまったく慌てていなかった。

飯が終わると、オレたちは昨日と同じように寝た。

今日は、昨日ほどは緊張しなかった。

風呂には入れなかったけど、まあしかたがない。

わりあいすぐに、リラックスして寝ることができた。

◆

――ズンッ！

――ズンッズンッ！


「――なっなんだ⁉」

オレは激しい振動で目を覚ました。

上半身を起こして、ルームランプを点けてみる。

横では、アズも上半身を起こした。
相変わらずオレのワイシャツを着ているので、長い袖で眼をこすっている。
（うは！　かわいい！）

——ズンッ！

と、それどころではなかった。
何かとてつもなく大きなものが歩く音がする。
ヤバイと思い、慌ててルームランプを消す。
車は今、森から少し離れた、かなり大きな岩の横にとめている。
聞こえてくる音は……左側面後方！
オレは、シェードをかるくめくり、覗き見る。

「——!?」

声にならない声をもらす。
視線の先にいたのは、象だ。
月明かりに照らされ、なぜか体の上面が光っている。
まるで蛍光塗料でも頭からかぶったような模様である。
だが、問題はそこではない。

でかい。

でかすぎる。

頭のてっぺんが、五階建てのビルぐらいあるんではないだろうか。

それがアウトランナーの後方、三〇メートルぐらいからこちらに向かって歩いてきていた。


(つーか、ヤバイ！　逃げるか⁉)


と思うが、そんな暇はなさそうだった。

なにしろ、一歩がでかい。

オレが驚いている間に、もうアウトランナーのすぐ近くにまで寄っていた。

後ろから、服が引っぱられる。

オレは薄明かりの中、振りむいてアズの様子をうかがう。

暗闇なので表情はわからないが、きっと彼女も不安に感じているはずだ。

「だっだっだっ……だいじょーびゅだから！」

震える声で、思いっきり噛《か》んだ！

が、それどころではない。

オレは彼女を象とは反対側にして、体をかばうように抱きしめた。

そして布団をかぶる。

たぶん、意味のない行動だとは思う。

いくら地響きがひどくとも地震とかではないのだ。

踏みつぶされたら終わりなのである。

だが、オレはパニックだった。

「だいじょじょじょーぶゅ……ぶだから。ああああんしんして。ちゃんとととと、おにおにおにぃーさんが、まま……守ってあげるから……」

唇が震えて、なかなかアズを安心させてあげることが言えない。

それどころか、「ズンッ」と響くたびに、体がビクッと震えてしまう。

アズより、オレの方がよっぽどおびえている気がする。

大人として、アズを安心させなければならないのに。

「………」

それでもアズは、一度だけこちらの顔を見上げたあと、ふと笑ったような雰囲気を見せて、オレの胸元に顔を埋めた。

少しは安心してくれたのだろうか。

オレたちはそのまま、象の振動が響いてこなくなるまで、ずっと抱きあって震えていた。

……いや。震えていたのは、オレだけだったけどね。

第三二話：オレたちは夜更かしを楽しんだ。

巨大な象の足音が聞こえなくなったあと。

車の中で、オレはアズから衝撃的なことを教えてもらった。

〈――あれは、【森象《もりぞう》】といいます〉

「……それ、今は忘れられたエクスポの……あ、いや、なんでもない」

なぜか頭の中で日本語変換されている、手帳に書いてくれた彼女の文字。

それを見ながら、オレは説明をうながす。

「で？」

〈非常に平和的でおとなしく、他の動物に危害をくわえたりいたしません〉

「…………」

〈森の守護者と言われていて、生命を奪うことはなく、むしろ森という生命を生みだす聖獣です〉

「……魔獣ではなく、聖獣？」

――こくり

「……お、おとなしいの？」

――こくり

「……襲ってこないの？」

――こくり

「……おびえる必要はないの？」

――こくり

「…………」

「…………」

「…………」

「…………」

「……うわあああぁぁぁぁ！」

オレは両手で顔を覆って赤面を隠す。

神の使いみたいな聖獣に、もの凄い勢いでブルってしまった。

電動マッサージ器か、というぐらいブルってしまった。

その上、カッコつけて「守ってやる」とか言ってしまった。

（つーか、恥ずかしくて悶《もだ》え死ぬわ、こんちくしょう！）

カッコもつけきれなかった上に、もの凄い勘違い……まさに道化である。

穴があったら入りたいって、こういうことかと思い知る。

——ツンツン

そんな悶えているオレの肩をアズが指先で呼んだ。

オレは指の間から片目だけで覗き、「なに？」と尋ねる。

すると彼女は車の後方に這《は》い這いして、後部《テール》ドアを指さした。

「……開けるの？」

外は冷えるのであまり開けたくないのだが、アズが非常に開けて欲しそうなので従う。

オレはたぶん、この子には逆らえない。

「寒いから毛布かけとけよ。……開けるぞ」

後部《テール》ドアをリモコンで開けた。

ピピーッ、ピピーッという警告音と共に、電動で後部《テール》ドアが上がっていく。

「……な……」

ドアが上がっていくにつれて見えてくる風景に、オレは言葉を失った。

同時に、なぜアズがこんなに開けたがっていたのかわかった。

彼女はオレに、これを見せたかったのだ。

異世界といえば、やはり「ファンタジー」。

でも、「ファンタジー」というのは、「幻想」という意味でもある。

オレはまさに今、その幻想を見ている。

〈森象の足跡から生命が生まれます。明かりを消すと、もっときれいですよ〉

「お、おお……。これ、すぐ消えちゃうの？」

〈いえ。朝方までは……〉

「なら、ちょっと待て！　こういう時はやっぱり……」

オレは大急ぎで電気ケトルに水を入れてお湯を沸かしはじめた。

コップを二つだし、オシャレにコーヒーといきたいところだけど、ここはココアパウダーで。

お湯が沸いたら、注いで混ぜてできあがり。

電気毛布を肩からかぶり、後部《テール》ドア付近に座るアズ。

彼女に、熱々の湯気が立ちあがるコップの片方を渡す。

嬉しそうに微笑む彼女を見てから、ルームランプを消して、彼女の隣に座った。

それから同じように電気毛布をかぶって、ココアを手にする。

〈準備完了！〉

そしてオレたちは顔を見合わせてから、そろって風景を楽しんだ。

それは最初、地面から伸びた木の芽のようだった。

たぶん象の足跡の地面すべてから顔を出しているのだ。

しかも木の芽は、じっと見ていればわかるぐらいの早さで成長している。

大きい物だとすでにオレの体よりも太く、オレの身長よりもでかいだろう。

高さは二メートル程度だが、昔見た「ジャックと豆の木」の絵本にでてきたイラストを思いだす。

だが、あのイラストと違うところは、木の芽全体が淡く光を放っているということだ。

最初は月明かりが反射しているのかと思った。

しかし、蓄光塗料を塗ったように少し緑っぽく、ぼんやりとしていながらも、それは確実に発光していた。

さらにその木の芽には、次々と風船が膨らむように、木の実のようなものがついていく。

しかも、形が一定ではない。

丸かったり、長細かったり、まるで星形みたいな物まである。

それらすべてがいろいろな色をもち、やはりほのかに発光しているのだ。

ピンク、イエロー、ブルー、オレンジ……。

まるでそれは、クリスマスのイルミネーションで飾られた道のようだった。

いや、それよりも色が優しい。

ＬＥＤライトのような、ギラッとした強い光はどこにもない。

某テーマパークの夜の名物パレードのような、派手さもない。

闇を照らしだすのではなく、闇に浮かんで融合するような光。

融けあう柔らかな灯が、まるで風に流れるようにグラデーションの豊かな道を作っている。

ただ静かに、静かに……生まれいく、それは生命の光。

「きれいだな……」

アズはオレの言葉にうなずいた。

そして、蒼い髪の頭をオレの肩に預けてくる。

オレたちは、ココア二杯分の夜更かしを楽しんだ。

第三三話：伝説の武器を持つ勇者は……

寝不足だったためか、翌朝はちょっとお寝坊さんだった。

アズと相談し、しかたなく朝飯を抜いて森を抜けることにした。

ちなみに森には街道らしき道があったので、そこを走ることにする。

道幅はけっこうあって、対向車が来なければ問題はなさそうだ。

対向車といっても、この世界なら馬車だろう。

ああ、でも蒸気機関があるようなことをキャラが言っていたから、もしかしたら蒸気自動車とかあるのだろうか。

文化レベルがわからん。

森はなんというか、ごく普通の森だった。

変な表現だが、本当にそうとしか言えない自分の語彙の少なさが情けない。

キャラと行った森もそうだったが、オレの世界のどこかで見たことがある木だったし、見かける動物に関しても細かいことはわからないが、鹿みたいなのとか、鳥とかさほど違和感がない。

確かに昨日見た巨大象や、前に見た怪獣みたいなのもいるみたいだけど、それ以外は普通っぽい。

それに昼間は、そうそう危険な動物がいるわけではないらしい。

平均して時速二～三〇キロぐらいの速度で走っていたら、昼過ぎぐらいには森を抜けていた。

今度は平原で、遠くに岩肌が露出し、切り立った山が見える。
我が蒼き髪の姫が、その山を指さしたので、仰るとおりに走り続ける。
ガソリンはまだあと三〇パーセントはあるだろうか。
もう少し大丈夫だろう。
（ああ、ガソリンスタンドや充電スポットがあればいいのに……）
もちろん、あるわけがなかった。

◆

とりあえず、森を抜けたあとに腹が減ったので飯にすることにした。
遠回りになるが、少し離れたところに川があったので、その近くで駐車。
（さて。メニューが問題だ……）
缶詰はいろいろと買ってきたのだが、開けたあとのゴミが困る。
そのまま袋に詰めていたのだが、そろそろ臭いがこもってきていた。
とりあえず、それらは川でかるくすすいでから、また袋に詰めた。
異世界にゴミの不法投棄はしたくない。

ゴミを減らす努力も必要だが、ゴミをしまう方法も考慮しないとダメらしい。

キャラがいれば、魚でも捕まえてもらうところなのだが……今度、やはり釣りでも始めてみるしかないか。

（シーチキン缶があるな。ロールパンの賞味期限が、たぶん今日まで……）

常温保存できるので、お弁当用に売っている小さなパックに入ったケチャップを業務用スーパーで買ってきている。

シーチキンをパンに挟んでケチャップをかければ食えないことはないだろう。

あと、カップスープもある。

冷蔵庫がないと本当にメニューの幅がなくなる。

それにくわえて、オレに調理スキルがないというのが問題か。

やはり料理の勉強をしてみようと決心する。

（考えてみると、自分から進んで勉強しようなんて思ったことなかったかもなぁ）

昼飯は、そんな感じで簡単な物になってしまった。

それでもアズは、グレーのきれいな瞳をキラキラさせて、本当に嬉しそうに食べてくれる。

例えば、このあとにデザートでも作れれば、もっと喜ばせてあげることもできるのだろうか。

そういえば、ホットケーキミックスとかどうなんだろうか。

あれ？　卵とか牛乳とかいるんだっけ？

うーん。やはり勉強が必要だ。

課題が山積みである。

せめてデザート代わりにと、ココアを作ってあげた。

オレはコーヒーメーカーでコーヒーを淹れる。

ゆっくり食休み。

まったりタイム。

もともとアウトランナーを購入した理由は、こういうどこでもまったりできる時間を楽しみたかったからだった。

意外な形でだったが、昨夜も今も実現できている。

当初はアウトランナーを買ったのは失敗だったと思ったが、そんなことはなかったのだ。

特に昨夜は、電気ケトルですぐさまお湯を沸かし、電気毛布で寒い中をしのぐことができた。

たっぷりあるバッテリーと、発電能力のおかげである。

（アウトランナーＰＨＥＶさまさまだ……）

そうだ。こんな美少女とまったりできるのも……と思い、アズの顔を見ると顔を少し顰《しか》めている。

「どうした、アズ？」

「…………」

彼女は森の方を睨む。

初めて見るアズの厳しい顔に、妙な緊張が走る。

オレは彼女の視線を追った。

すると森の木々の間に、なにか影が動いたのが見える。

そして現れたのは、見覚えのある顔。

カバのような鼻に、濁った緑色の硬そうな皮膚、そしてチロッと伸びる蛇のような舌。

だんだんと森の影から蛇のように地面を這い姿を現すと、今度はゆっくり鎌首を上げた。

（動物界《どうぶつかい》脊索《せきさく》動物門《どうぶつもん》爬《は》虫綱《ちゅうこう》有鱗目《ゆうりんもく》オオトカゲ科オオトカゲ属コモドオオトカゲ……の怪獣！）

オレは思わず、ネットで調べた時に、どこかで自慢できないかと覚えたフルネームを頭で唱えた。

そう。キャラを襲っていた、あのとんでもなく速い怪獣である。

崖から落ちて生きていて、オレを狙ってきたのか？

いやいや。さすがに別物だろう。

だけど、きっと同じように速いはずだ。

ここから奴までの間は、一〇〇メートルもない。

どう考えても逃げきれるとは思えない。

せめて車の中にアズだけでも逃がせれば……。

（いや、待てよ……）

「アズ。あれはもしかして聖獣で、人間とお話ししたいだけでした……なんてことはないよね？」

アズは首肯する。

というか、それならこんなに難しい顔をしているわけがない。

わかっていた。

これはヤバイのだ。

――ウオオオォォォォン！


叫び声をあげて、ゆっくりと走りだすトカゲ怪獣。

オレはブルッた体に鞭《むち》を打ち、慌てて周囲を見わたし、武器になりそうな物を握った。

「アズ、車の中に隠れていろ！」

ほんの少しでも時間を稼げればいい。

オレはそんな想いで、震える脚のままアズの前にでて、トカゲ怪獣に立ち向かっていた。

その手には、伝説の武器【ティフ○ール製ＩＨ対応テフロン加工ずみフライパン】がしっかりと握られていた。

第三四話：魔法に助けられた……

「頼むぜ、テ◯ファール！」

オレは気合をいれるために大声で叫んだが、頼む相手をまちがえていることに気がついた。

「ティフ◯ール」に頼んでも、焦げつかないようにしてくれるぐらいしかしてくれないだろう。

しかし、もしかしたら、テフロン加工で敵の攻撃を跳ね返せるかもしれない。

そうだ。それだ。

これで勝てる！

パニクっていながらも、オレは「さあ、こい！」と、顔をひきつらせながらも覚悟を決める。

だが、そんなオレの前に、なぜか蒼い髪が見えた。

「おい！　隠れてろ、ア――」

「――光よ！」

オレの前でトカゲ怪獣に手をかざし、アズが叫んだ。

しびれた。

声が、オレを襲った。

彼女の魅惑の声は、オレの耳から入ると、背筋を走り、上は脳天を突き抜け、下は股間を刺激して足の先まで抜けていく。

高揚する感情。

震撼《しんかん》する全身。

刹那の間をおき、彼女の周囲が光り始める。

それは昨夜、見たような淡い光ではない。

激しく刺激的で、とても直視できないような強い光。

巨大なフラッシュがたかれているようだった。

「――壁となって、わたしたちを守って！」

またもや電撃のようにオレをしびれさせる声。

あわや経験不足の少年のように、昇天しそうになる快感。

だが、それだけではない。

彼女の声は、奇跡を呼んだ。

それは光のカーテン。

いや、光のシャッター。

何もない中空から、唐突に真っ白な光の壁が降りてきて、トカゲ怪獣とオレたちの間を遮断した。

とたん、その光の壁にあたったらしいトカゲが、激しいうめき声をあげる。

「…………」

それだけだった。

オレは、あまりの眩《まぶ》しさにそらしていた視線を戻す。

光の壁はなくなっていた。

チカチカする視界の中で見えたのは、頭が真っ黒に焦げ、煙を出しているトカゲ怪獣の死体。

そして、その前にたたずんでいる、一人の女性だった。

「…………」

オレは、茫然《ぼうぜん》とその背中を見る。

腰まで届く、かるくカールのかかった蒼い髪は輝いている。

少し袖が長いワイシャツを着る体は、それほど大きくないものの大人とそう変わりはない。

ワイシャツとTシャツの裾は、ぎりぎり形の良さそうなヒップを隠しきれていない。

何か見えてしまっている。

そこから伸びる、透きとおるように白く、スラリとした長い脚は、下手すればオレと同じぐらいの長さがあるのではないだろうか。

（アズが大人になった……？）

だが、驚くのはそれだけではなかった。

彼女の全身は、ほのかに光を放っているのだ。

それはまるで、昨夜見た優しく柔らかい白緑《びゃくりょく》の灯。

「……アズ？」

オレの呼びかけに、体をピクッと震わせてから、彼女はゆっくりとこちらに振りむく。

まちがいなくアズだ。

年のころは、二十歳前後だろうか。

髪は伸び、丸い子供らしさがかなり抜けた輪郭だが、その容貌はまちがいない。

だが、その顔は複雑な表情をしている。

困惑かと思ったが、どちらかといえばおびえているように見えた。

トカゲが怖かったのだろうかと思ったが、どうやらオレの方を気にしている。

もしかして体が大人になったから、オレが襲うとでも思っているのだろうか。

（そりゃあ、襲ってしまいたい、と思わないこともない、かもしれない、と思わないでもないけど……）

身体から放たれる光が、服を透けて通るので、その大人の魅力にあふれるシルエットがよくわかる。

ふくよかに膨らんだ乳房も、しまった腰つきも、スラッとした四肢も非常にバランスが取れている。

しっかり大人の体型なのに、下着もつけない、ワイシャツとTシャツ姿。

胸の先とか、裾のあたりとか非常に気になるのは、まちがいない。

しかし、それ以上に神々しい。

全身もだが、特に髪がキラキラとラメでも入っているのかと思うほど光っている。

「つーか、マジきれいだな……あっ！」

ついもれた言葉に、オレは口をふさいだがもう遅い。

そういう目で見ていたのが、完全にアズにばれてしまった。

その証拠に、目を見開いて彼女は驚いたような顔になる。

「い、いや、違うぞ！　邪《よこしま》な意味ではなく、ほら女神様みたいって……あ、こっちに女神様って、いるのか知らんけど」

オレの言い訳に、今度は顔を赤くする。

これはヤバイ。

恥ずかしくさせては、よろしくない。

異性として意識させず、保護者然としなければ。

確かに彼女の声を聞いた時、全身を駆け抜けたのは快感と欲望だったことは否定しない。

だが、オレ、マジ、意外に理性あるから。

子供を襲うような外道では……あれ？

もしかして、こっちが本当の姿とかあるのか？

それなら、もしかして……セーフ？

「…………」

オレが慌てていると、さっと彼女は走りだした。

そしてアウトランナーの荷室《ラゲッジルーム》に飛びこむ。

ヤバイ、オレの邪念に感づいたのか！

もしかして、車に引きこもるとかするつもりか？

ってか、四つん這いにならないで！
見えちゃうから！
……などと一人興奮していると、彼女は車の中から手帳とペンを持ってくる。
そして、そこにサラサラと何か書いて、オレへ不安そうに見せたのだ。

第三五話：ヘタレでした。

〈不気味ですよね？〉

「……ん？　なにが？」

オレは手帳に書いてある質問の意味が本気で分からず、首をひねってしまった。

不気味なものなんて、どこにあった？

トカゲ怪獣のことか？

オレが悩んでいると、アズはまたペンを走らす。

〈光ったり、子供なのに大人になったり、わたし、不気味でしょう？〉

「はあ？　そんなわけあるか！　不気味どころか、こんなにきれいじゃねーか！」

思わず怒るように返してしまった。

「つーかさ、さっきの光とか、大人になったりとかって、魔法なんだろう？」

興奮気味のオレの迫力に、アズは眼をぱちくりとしてからこくり。

オレはガッツポーズ。

「ううっ……うおおおっ！　やっぱり魔法キタァァァァァー！」

思わず雄叫びをあげてしまう。

アズが横でおびえるように驚くが、この興奮はとめられない。

「つーかさ、せっかくいかにも剣と魔法の異世界に来たっていうのに、物足りなかったんだよ！　こっちきて見た剣といえば、ナイフみたいなので、戦うどころか、魚さばいたり、リンゴ切ったりしていたし。魔法っぽいのって、せいぜい火打石程度だったもんな！　あんなのマッチでもライターでもいいわけだしさ！」

そう。オレは内心で求めていたのだ。

いかにもファンタジーな魔法を。

もちろん、最初に出会った【キャラ】が悪いわけではない。

キャラは、自分でも魔法が使えないと言っていたからしかたないのだ。

それにキャラは、もう見た目がファンタジーだからよし。

あれでよし！

まあ、昨夜の風景もファンタジーだったが……どちらかというと、メルヘンチックだった。

オレは、剣と魔法のファンタジーみたいなのを求めていたのだ。

「うんうん。魔法イイネ……魔法最こ――ウガッ！」

喜びすぎて跳ねたら、頭をぶつけた。

アウトランナーの開いたテールドアに頭突き。

目から火花が飛び散るとは、これか。

重い頭痛のように、ジンジンと痛みだす。

（つーか、ガキかオレは……恥ずかしい……）

オレは頭を押さえて、荷室《ラゲッジルーム》に上半身を倒れこませる。

もちろん、赤面中の顔は隠す。

何度目だろうか、穴があったら入りたいと思ったのは。

「いてて……」

「……………」

慌ててアズが這いより、頭をなでなでしてくれる。

オレのことを嗤《わら》ったりもしないで心配してくれるとは……本当にいい娘《こ》やなぁ。

それだけに、ちょっと自虐的になってしまうのは、やはりオレの性根の問題か。

「あ、あはは……いてて……。『いたいの、いたいの、とんでけー』とかやられている気分だな。ガキだね、オレは。恥ずかしいよ、ほんと……」

「……？」

「……ん？　どうした？」

横目で見ると、アズは頰に手をあてて何か悩んでいる。

「……！」

と、いきなり両手をパンと鳴らして、妙に納得したように深くうなずいた。

何だろうと思っていると、また彼女はオレの頭に手をのせる。

「……いたいの、いたいの、とんでけー」

「――あぅっ⁉」

ゾクゾクゾクとする快感が、今度は頭のてっぺんから走って背筋を通り抜ける。

その瞬間、心臓まで鷲摑《わしづか》みにされたように、我ながら気持ち悪い声をだしてしまった。

同時に、彼女の体がまた少し輝きを強める。

そして、彼女の手が「とんでけー」と同時に頭から離れた時、痛みはまったくなくなっていた。

「……おお。おお……すげー。痛くない。ありが——!?」

「——!?」

ゆっくりと顔を上げると、すぐ目の前にアズのオレを見つめる顔がある。

その距離、一五センチほど。

そんな目の前に、美少女の顔がある。

しかもオレの体は、先ほどからアズの声のせいで媚薬《びやく》にでもやられたように興奮気味だ。

思わず、音を鳴らして唾を呑む。

対するアズも、少し様子が違う。

明らかに透ける肌を紅潮させて、少し輝きのあるグレーの瞳をまったくそらさずにオレの眼に向けてきている。

「…………」

彼女がそっと眼を閉じた。

かるく近づいてくる、整った顔。

それは明らかに、待っていい、いる。

（えっ？　えっ？　えっ？　これは、ちょっと、もしかして……）

別にキスをしたことがないわけではない。

しかしオレは今、ファーストキスの時などとは比べものにならないぐらい緊張している。

心臓が早鐘を打つように……ああ、この感じなのねと、実感。

（い、いいのかな……いいよな……求めてるし……大人だし……）

と思ってから、オレはさっきの彼女の言葉を思いだす。

――子供なのに大人になったり

つまり、もともと子供なのだ。

求めに応えたら、たぶんオレはとまらない。

今のオレ、たぶん自制心をなくす自信がある。

最後までいくね。

性犯罪者になる自信あるね。

そうしたら、どうするの？

責任とるの？

こっちで暮らすの？

「…………」

なんかいろいろと考えてたら、動けなくなった。

難しいことを考えるのが苦手なのだ。

だからオレは、見なかったことにした。

逃げるのは得意なのだ。

「……あ、ありがとな、アズ。魔法で治してくれたんだなぁー。すげーなぁー」

「――!?」

オレが棒読みセリフで頭を撫でると、アズは瞼を開けたあと、ぽかーんとする。

「いやぁ〜。しかし、驚いたなー。つーか、あのトカゲ、他にもでてこないよなぁ。それとも移動した方がいいかなー」

まったく気がついていませんというように、オレは視線と話題をそらしてみた。

いや、もうマジ、かなり理性が限界。

男性としての欲求が不満大爆発。

よく耐えたよ、オレ。

でも、今は顔さえ見ることができない。

見たら抱きしめたくなる。

「とりあえず、もう少し安全そうな場所をさが――!?」

突然、後ろからしがみつかれる。

背中にあたる柔らかい感触。

そして、耳元に背後から寄せられる唇。

そこからもれる息。

それが、オレを狂わせた。

「……アウトのヘタレ！」

「――あひゃ⁉」

耳から体内に入った、彼女のなんらかの力のこもった妖麗な声は、オレの全身を骨抜きにした。

それは喩えではなく、まさに骨が抜かれたように力が抜けてしまう。

そうヘタレてしまったのだ。

オレは上半身をなんとか荷室《ラゲッジルーム》に乗せるが、足腰に力が入らずその場にへたりこむ。

「あ、あれ……な、なにこれ……」

「…………」

明らかに怒気が立ちのぼるアズは、車の奥の方に行って後ろを向けて体育座り。

その背中には、「怒っていますからね！　ぷんぷん！」と書いてある。

「あ、あの……アズさ……ん……ちょっ……つーか……これは……」

「…………」

はい、無視されました！

それから一〇分ぐらい後に、アズが子供の姿に戻るまで、オレはずっとその場で放置プレイされていたのである。

第三六話：彼女の両親と……

もうすぐ夕暮れ。

斜陽に照らされた、切り立った岩山の間に、大きな岩がドーンと存在していた。

高さは、たぶん六階建てのビルぐらいあるだろう。

横幅は、アウトランナーが四～五台ぐらい並んで入れそうだ。

周りと同じ黒ずんだ岩肌で、陰になる部分には深緑の苔《こけ》が貼りついている。

長き光陰を重ねて鎮座している感じで、まさに動かざること山の如し。

とてもではないが、人間が動かせるレベルの物ではない。

この向こうに、アズの村があるという。

オレはその岩の前に車を停めて降りると、半分呆けたようにそれを見上げていた。

（つーか、まさかこの岩肌を登るのか⁉）

そんなオレに対してアズは、スタスタと岩の前に向かって立った。

そして、小さく何かをつぶやく。

何を言ったのかわからないが、わずかに聞こえた声で、耳に息をかけられたようなくすぐったさを感じる。

と思った矢先、アズの正面に変化が現れた。

岩肌に黒いシミが広がったかと思うと、それはじわじわと広がっていき、最後は正方形となる。

見れば、向こう側の景色が見てとれる。

トンネルができていた。

「おお！　魔法、ワンダホ！」

感嘆。

こういうのを見ると、異世界に来た感じがする。

トンネルのサイズは、馬車とかが通ることを考えているのだろうか。

かなり大きく、アウトランナーでも余裕で通れる。

オレたちはアウトランナーに乗りこみ、トンネルをくぐっていく。

距離にして四〇～五〇メートル程度進むと、真っ黒なトンネルが終わってまばゆい景色が一気に広がった。

けっこう奥は広いらしい。

まっすぐな道が、たぶん少なくとも数百メートルぐらいは延びている。

その道の周りに、簡素な木造二階建ての家が並んでいた。

「ここがアズの――うおっ⁉」

オレは慌ててブレーキを踏んだ。

突如、槍《やり》を持った男たちが現れて、車を囲んできたのだ。

その数、二〇人以上。

どう見ても、こちらを威嚇している。

だが、その顔は怖がっているように見え、かなりへっぴり腰だった。

大方、オレ様の内側からあふれる迫力にビビッていたんだろう……などということがあるわけなく、黒光りに赤いラインのアウトランナーにビビッていたのだろう。

とにかく、口々に「なんだ、それは」「動いてるぞ」「何者だ⁉」と激しく問いかけながら、槍の穂先を向けてくる。

頼むから車に傷をつけてくれるなよ……などと思うが、それよりもよく考えたら、オレの命が危なくないか?

しかし、オレのそんな心配をよそに、気がついたらアズが平然と車から降りていた。

「なっ、なんだ貴様は⁉」

誰何《すいか》する槍を持つ男たちに、彼女は目立たないよう頭に巻いていたタオルを外してみせる。

広がる美しい蒼い髪。

すると、その周囲の様子が一変する。

「――ひ、姫⁉」

その場にいた全員が、口々に「姫!」と叫んで、驚きと喜びの顔を見せ、歓喜にわき始めたのだ。

人波が、一斉にアウトランナーに走りよりそうになる。

それに対して、すぐにアズが片手を振った。

とたん、はたと気がついた顔をして、人波が割れる。

彼らは、まるで道を挟むように、次々と端により、両ひざ立ちで、腕を胸の前でクロスさせた。

たぶん、アズに敬意を示しているのだろう。

その後は、まるで凱旋《がいせん》パレードである。

騒ぎを聞きつけた人々が次々と外に出てきて、数百メートルはある中央路に並んで、両ひざ立ちの壁を作っていく。

最終的には、四〇〇人ぐらいいたんじゃなかろうか。

特徴的だったのは、全員が青系の髪をしていたことだろう。

だが、ぱっと見てアズより鮮やかな蒼をしている髪色はない。

どちらかといえば、ほとんどが青っぽい黒というか、紺という感じの色が多いようだ。

そんな青い髪ばかりが、道の両サイドを飾る風景は、まさに壮観だった。

開けた窓からアズが手を振るたび、「姫様！」と呼び声があがる。

超大人気である。

「アズ……つーか、姫さんだったの？」

アズは、こくりと照れくさそうにうなずいた。

◆

オレは道の突き当たりにある、もっとも大きな家の中に招かれた。

他の家の五倍ぐらいのサイズはある。

しかし、言い方を変えればその程度で、「姫」と呼ばれる者が住むには簡素に見えた。

姫といっても、小さな村の話ということなのだろうか。

部屋に入ると、そこには年配のいかつい男性と、アズよりも少し暗い青髪の女性が待っていた。

「イータ！」

年配の男性が喜びの声をあげると、アズは二人に駆けよった。

そして、涙ながらに熱い抱擁を交わす。

たぶん、二人はアズの両親なのだろう。

それは、女性の方を見ればわかる。

彼女はかなりの美人で、まさに大きくなったアズにそっくりである。

クリーム色の布でできた、体に巻きつけるような服を着ている。

アズも同じ服装をすれば、まちがいなく誰もが親子だと認めることだろう。

（つーか、昨夜のアズの方が美人だったたな）

それに対して、男性の方は「義理の父とか？」と疑いたくなるぐらい似ていない。

四角く力強い輪郭に、ワイルドな顎鬚《あごひげ》、なめし革のベストから覗く筋肉隆々の四肢。

もし、本当の父親ならば、アズはどのパーツも受け継いでいなかったのだろう。

幸いなことだろうと思う。

「イータよ、いったい何があったのだ。そして、その者は……」

男──アズパパは、オレを一瞥《いちべつ》だけしてから、またアズに視線を戻した。

なんかけがらわしいものでも見るような視線で不愉快だったが、それよりも気になるのは「イータ」と呼ばれていたアズだ。

（もしかして、アズって苗字の方か？）

怪訝《けげん》に思っていると、アズもこちらにふりかえる。

もちろん、アズパパとは違って嫌悪感があるものではない。

たぶん「ちょっと待ってて。あとで説明するね」みたいな視線だろう。

オレがかるくうなずくと、アズはニッコリと笑って返す。

なんとなくだが、オレもアズの顔色が読めるようになってきたようだ。

アズは両親に顔を戻すと、両手を二人に向ける。

すると、両親とも片手ずつアズと手をかざすようにくっつけた。

しばしの間、三人とも目をつむる。

「……そうか。誘拐は奴隷商が……。しかし、逃げることができて幸いだった。そして……」

アズパパがオレに歩み寄ってくる。

近づけば近づくほど迫力が増す。

背丈はオレより二〇センチぐらい高いだろうか。

横幅なんて、オレの一・五倍はあるだろう。

そんないかつい男が、オレの目の前までやってくる。

そして、ギロッと眼を剝いてオレを睨んだ。

オレは、超逃げだしたくなった。

下手すれば、いい年してチビるレベルだ。

「おい、貴様……」

「なななななななんだよ……」

「貴様……よくも……よくも娘を……」

「いい、いや、まて。落ちつけ！」

「こんなかわいい娘を……」

「か、かわいいからって、やましいことは少しし──」

「娘を助けてくれて、本当にありがとう！」

「──つーか、礼なのかよ！　お約束だな、こんちくしょう！」

アズパパは両ひざをついて、頭を下げてきたのだった。

第三七話：挨拶をして……

アズの本名は、【イータ・アズゥラグロッタ】だという。

どうやら、知らない人に名前を聞かれたら、いわゆる苗字を教えるのが普通のようだ。しかも、長い場合は短縮した形で教えることが多いらしい。

その辺は、日本と感覚が近いのかもしれない。オレだって、知らない人に名前を聞かれたら「現《あら》人《と》です」とは言わず、「大前《おおまえ》です」と言うものな。

（つーか、まだオレの方は本名を教えてなかったな……）

そして、もうひとつわかったことがある。

彼女たちは、【言霊族《チャーム》】と呼ばれる【魔族】だということだ。

ただ魔族といっても、この世界の魔族は「先天的に魔力《ギリアン》（というらしい）が強い種族」のことで、悪魔の仲間とかそういうのではないようだ。

ちなみに【魔王】とかいるのか聞いてみたら、昔は魔族の中でももっとも強い者が、そう呼ばれていたという。

なんでも、【魔王冠の儀】という魔王決定戦的な大会もあったが、最近の情勢とかのせいで今はないとのこと。

話はそれたが、要するにアズたち【言霊族《チャーム》】は、魔力の強い種族だそうだ。

あるレベル以上の非常に強い魔力をもつ者は、なんと「話す言葉がすべて呪文となる」というのだ。

そして髪が美しい青さを見せるほど魔力が強いらしい。

アズなんて、もろにそれである。

こんなに美しい蒼は、この村で周りを見ても見つからなかった。

実際、彼女はこの村で、もっとも強い魔力をもっているという。

あまりにも強すぎるため、幼い体では魔力の放出に耐えられなくなるため、魔力を使う際には体が自然に一定時間だけ成長するらしい。

まさにファンタジックワールド！

……と手放しでは喜べない話でもある。

つまり彼女は、「話せるけど簡単に話せない」というつらい立場なのだから。

しかも、そこまで強い魔力や能力をもつと、やはり敵も多かったり、狙われたりする。

そう。事情はよくわからないが、彼女は魔力を封じる手枷をつけられ、誘拐されたのだ。

この村の人たちも、捜索隊をだして探していたらしいが、見つけることができなかったという。

アズ自身も半ばあきらめていたが、その誘拐犯の乗っていた馬車が何者かに襲われ、誘拐犯は全滅。

その衝撃で気を失っていた彼女が気がつけば、壊れた馬車の中に独り、とり残されていたのだという。

そこから逃げる途中で、オレと遇ったわけだ。

つまり、オレは悪を倒し、彼女を救出したヒーローでもなんでもない。偶然にも、おいしいところだけ拾っただけの男だ。

なのに、オレはもの凄く感謝された。

むしろ、怖いぐらい感謝された。

「本当にありがとう！　貴様を歓迎するぞ！」

アズパパ、なんで「貴様」なのかわからんが、どこの馬の骨みたいな視線は少なくともなくなっていた。

「今夜は宴だ！　貴様をもてなそう！」

そう言いながら、オレの肩をドンドンと叩くアズパパ。

ぶっちゃけ、痛い。

何この馬鹿力と思っていると、今度はオレの方に腕をまわしてくる。

そして顔を近づけてきた。

「ところで貴様、まさかうちのかわいいイータに、手をだしたりしてはいないよな？　おい？」

「――⁉」

小声ながらドスの利いた尋問。

オレは一瞬、体をビクッと震わしながら、慌てて首を振る。

「と、とんでもありません！」

「本当かぁ～？」

「もちろん！　あのような美しいお嬢様にオレのような人間が手をだすなど恐れ入谷《いりや》の鬼子母神《きしもじん》！」

「はん？　なに言っているかわからんが、とにかく手をだしたりしたら、手足ちょん切った上、貴様の大事な人間から、生きていることを悔やむぐら――」

「――あ・な・た！」

八九三もびっくりな脅し文句を遮る、冷たく鋭い女性の声。

それは、オレに向けられたものじゃなかった。

なのに、アズパパと一緒にオレまで体を強ばらせてしまう。

「いいかげんにしないと、別れますわよ？」

きれいな青髪をたなびかせて近づいてきたアズママである。

そのソプラノに届きそうな高く澄んだ声なのに、妙な重圧感。

明らかに、アズパパが威圧されている。

強面《こわもて》がひきつって動揺を隠せない。

「な、なにかな？　わしは冗談で客人を笑わせようとだな……」

「あら。笑えない冗談なら、わたくしが代わりに言いますわ。あなた、長い間お世《ギリアン》――」

「うわあああぁ！　待て！　わしが悪かった！　な？　な？　そんなこと魔力をこめて言われたら……」

「…………」

「さ、さあてと……う、宴の準備をするぞー」

アズパパ、愛想笑いと共にそそくさと撤退。

なるほど、アズママは強いらしい。

まさか、アズも大人になったら……いや。あの娘は優しいからそんなことはないはずだ。うん。

「ご無礼、申し訳ございません」

ほんの少しだけゾクリとさせる声で、アズママが深々とお辞儀をする。

「わたくしは、イータの母で【イオタ・アズゥラグロッタ】。先ほど、失礼なことを申し上げたのは、我が不肖の夫【カツパ・アズゥラグロッタ】で、この村の長をしております。名のりもせず、申し訳ございません、アウト様」


彼女の髪も、かなりきれいな青だった。

ならば不用意に話すのは危険ではないかと思ったが、なんでも訓練である程度はコントロールできるし、魔力を吸う石を身に着けることで、無力化も可能だそうだ。

しかし、アズの力はあまりに強すぎて、未熟な彼女にはコントロールが難しいらしい。

ともかく、オレはその日の夕飯をそこでご馳走《ちそう》になることにした。

久々のまともな食事が楽しめそうなのだ。

断る理由はなかった。

◆

宴は、四〇～五〇畳ほどはありそうな大広間に、三〇人以上が集まり祝賀ムードで開催された。

まずは、アズの帰還の報告と、その立役者であるオレの紹介。

しかし、オレの詳細は秘密。

謎の乗り物に乗って現れ、姫を助けた謎の男。

オレは、ほぼ英雄扱いだった。

いや、マジ、オレ、何もしてないけどね。

たまたま倒れていたアズを拾っただけだし、魔物に襲われて危険な時に助けてくれたのは、むしろアズだし……と考えると、かなり恥ずかしい。

紹介などが終わると、乾杯などは特になく宴が開始された。

基本的に立食パーティ形式らしく、不揃《ふぞろ》いながら並べられたテーブルに、酒も食い物もそろっていた。

なんの料理かわからないものもあったが、全体的に味は悪くなかった。

特に肉料理と野菜が不足していたので、徹底的にそれを狙って食べていた。

ただ、食べているとやたらと、多くの者たちに声をかけられる。

主な話題は「どこからきたのか」「あの乗り物はなんなのか」「姫とは何をしていたのか」とかなどだ。

もちろん、いろいろとごまかしながら答えた。

しかし、おかげで食事がなかなか進まない。

さらに、アズママと同じようにクリーム色をした布を巻きつけたようなドレスを着たアズが、オレにぴったりとくっついてくる。

髪もきれいにとかされ、よくわからないがダイヤのような宝石が付いた、銀色の髪飾りをつけていた。

彼女の蒼とあいまって、それは非常に美しかった。

それをオレが素直に褒めると、彼女は顔を真っ赤にしながら喜んだ。

女性は素直に褒めてあげた方がいいというが本当らしい。

まだ幼くとも、アズもやはり女性……ということなのだろう。

しかし、確かに絶世の美少女なのだが、それだけにアズがついてくると、客もみんなついてくるし、集まってくる。

もちろん、本日の主役はオレとアズなわけで、それもしかたないのだが、これだけ話しかけられると食べる暇もなく、精神的にもかなり疲労する。

「……ん？」

ふと見ると、オレの袖をアズが引っぱっていた。

そして、下からオレを見上げてかるく首をかしげる。

これはたぶん、オレが疲れたことに気がついて心配してくれているのだろう。

「おお。ちょっと疲れたな……」

オレがそう言うと、彼女はオレの袖を引っぱって、部屋の外に連れだそうとしてくれた。

（パーティを二人で抜けだす……ちょっと胸キュンシチュエーションだな）

もちろん幼い彼女と何かあると思っていないし、何もするつもりはない。

ただ、かわいい女の子を愛でていたいという気持ちである。

それはきっと、アズも一緒だと思う。

たぶん彼女もオレのことを「仲のいいお兄ちゃん」ぐらいにしか見ていないはずだ。

キスを求めたのも、親愛の情で深い意味はないはずだ。

そうに違いないはずだ……と、オレは思っていた。思おうとしていた。

それなのに、二人きりの部屋で、まさかあんな展開になるとは、この時は思ってもいなかったのである。

第三八話：婚約話がでたので……

「ちょっとトイレに……」

人の囲いから抜けるため、オレはそう言って周りに頭を下げた。

そしてそのまま、彼女に引っぱられるように大部屋を出ていく。

この建物、木造の平屋建てだが、部屋が一〇部屋近くあるらしい。

奥に延びていたらしく、正面から見たイメージよりも広いようだ。

形はいくつかのログハウスがくっついたような形をしているが、真ん中には廊下が走っていた。

その廊下を抜けて、端の方にある別の部屋にたどりついた。

薄暗く、誰もいない、オレの部屋より少しだけ広めの部屋。

一〇畳ぐらいはあるのかな。

彼女が小さな声で「光よ、灯せ」とつぶやく。

背中をツーゥと指先で撫でられるような感覚を味わうと同時に、天井から光が落ちる。

見れば、天井に六つぐらい、何かの石のような物が埋めこまれていた。

どうやら、それが光を放っているようだ。

周りを見ると、愛らしい羊のような動物の装飾が施された木製ベッドが目についた。

それに、小さなテーブル。

その上には、ピンクの花が飾られた花瓶が置いてある。

本棚もあり、隙間なく本で埋められていた。

「もしかして、アズ……イータの部屋？」

——こくり

うなずいてから、彼女はテーブルの上に行き、何かマラカイトグリーンの板状の物を持ってきた。

ちょうど一二インチぐらいあるタブレットＰＣの様にも見えるが、かなり分厚くちょっと重そうだ。

彼女は、それを両手で一生懸命ベッドの方に運んでくる。

そしてベッドに腰かけると、隣をポンポンと叩いてみせる。

普通なら、彼女の部屋でベッドの上に隣同士で腰かけるなんていうシチュエーションは、もう完全に「食べてＯＫ」のサインである。

相手が成人していればだけど。

「座っていいの？」

彼女がうなずくのを確認してから、オレも横に腰かけた。

するとと彼女はオレにぴったりとくっついて、オレの膝と自分の膝にまたがるように、その板を載せた。

やはり、かなりの重さが脚の上にかかるが、辛いと言うほどではない。

そして彼女は、板にそっと手を載せた。

すると、板になんと白っぽい文字が浮かびあがってくる。

〈お疲れ様です、アウト様〉

「うおっ！　なにこれ、かっこいい！」

〈これは心象板です〉

「ほうほう」

〈形を思い浮かべると、中に入っている特殊な水が反応して、板の裏側にその形で染みこみます〉

「ほうほう」

〈すると板の濡《ぬ》れた部分が変色して、表面にその形が現れます〉

「つーか、つまりは液晶パネルだな！　すげー！」

〈慣れれば、このように文字をいくつもだせます。父様が手にいれてくださった、珍しい魔法の道具です〉

「おお。いい父さんだな、アズ……あ、イータとどっちで呼ばれたい？」

〈お好きな方で。ただ、アズと呼ぶのはアウト様だけです〉

「うーん。オレだけの呼び方というのもなかなか魅力的だが、オレだけ別の呼び方というのも違和感があるな……。それはともかく、オレに『様』なんてつけるなよ」

〈しかし、アウト様はわたしを助けてくださった方です。本当に感謝しております。ありがとうご

ざいます〉

そう言って彼女は頭を下げる。

「なに言ってんだよ。つーか、助かったのはこっち。あの怪獣だか魔獣だか知らんけど、トカゲのバケモノを倒してくれたのは、アズじゃんか」

〈でも、アウト様はわたしを命がけで守ってくださろうとしました。森象の時も、震えながらもがんばってくれました〉

「あ、あはは……。両方とも助ける必要なかったけどな……」

森象の時の自分のビビリ具合を思いだして、オレは赤面して肩を落とす。

〈それでも嬉しかったのです。それにわたしの魔法を使った姿を見ても気味悪がらず、あまつさえ『きれい』と言ってくださって〉

「ん？　あんなの誰が見ても『気味悪い』より、まず『きれい』がでてくるだろう？」

プルプルとアズは頭を振る。

〈村人でも姿が変わるのを不気味だと言う人もいますし、ましてや外部の人々はまず不気味だと言ってきます。『すごい』と褒めてくれたのは両親だけで、『きれい』と言ってくださったのはアウト様だけです〉

「そうなんか。つーか、『様』つけるなよ。だいたい、『ヘタレ』呼ばわりした時、オレのこと呼び捨てにしてたじゃないか！」

〈あれはアウト様が悪いのです。女心を踏みにじるから〉

「女心って、まだアズは子供のくせに生意気だなぁ」

〈失礼です、アウト様。わたしは、もう一一歳です。一五歳で成人ですから、あと四年もしたら大人です〉

「えっ！　マジで⁉　異世界の成人はえーな！」

〈ああ、やはり！　アウト様は神の国からいらした方だったのですね〉

「神の国？」

〈はい。異世界といえば、神の国しかありません。あの不思議な車をもっていることも、それならばうなずけます〉

「そうなのか……」

〈はい。それなら身元も問題ありませんし、一〇歳から正式な婚約ができますので、ご安心ください〉

「そうなのか……え？　つーか、なにが安心？」

〈もちろん、婚約の話です〉

「……誰と誰の？」

〈もちろん、アウト様とわたしのです〉

「……え？　いつ婚約したの？」

〈したではありませんか。【魔水の口づけ】の儀式で〉

顔を真っ赤にして、少し身もだえするアズ。

非常にその様子はかわいいのだが、今はそれどころではない。

「な、なんの口づけ？　つーか、儀式って……なに？」

〈わたしたち【言霊族《チャーム》】の儀式です。自らの魔力《ギリアン》を帯びさせた水を想い人の唇に、紅をさすように塗るのです〉

「え？　それだけ？」

〈はい。それは婚姻前の仮の口づけであり婚約を意味します。言葉で魂を紡ぐ【言霊族《チャーム》】にとって、口は神聖なもの。その口を合わせる口づけは、いわば『魂を結ぶ』という意味があります〉

「ちょっ！　意味が重すぎる！　それにオレ、ギリアン？　とかいう魔力《ギリアン》なんてもってないけど⁉」

〈実は、それは不思議に思っておりました。確かにアウト様は魔力《ギリアン》をおもちではありません。しかし、アウト様のお車は魔力《ギリアン》をもっておりますし、あの水にも確かに魔力《ギリアン》が宿っておりました。だからこそ、わたしは死の淵《ふち》から戻ってこられたのです〉

　確かにアズの唇に水を滴らせた時、何か唇が光り輝いたし、普通じゃ考えられない早さで元気をとりもどしたとは思う。

　それを考えれば、水に魔力があるとかいうのも本当なのかもしれない。

「でもさ、それならオレの魔力《ギリアン》じゃないかもしれないじゃん」

〈アウト様のお車にある魔力《ギリアン》はアウト様のものに決まっております。ともかく理由はどうあれ、婚約の儀は成されました〉

「いやいやいやいやいや！　あれは、水を飲ませただけだぞ！　互いの意思も関係なく、そんな……」

〈もちろん、お互いの意思も尊重されます。あの儀式は、正確に言うならば『婚約』ではなく『求婚』でございます。ただ、同意なく相手の唇に水を塗ることなど普通できないため、黙って塗られれば承諾したも同じということになります。つまり、実質婚約となります〉

「だっ、だったら、今回はアズが気を失っている時に勝手にやったんだから……」

〈はい。わたしが拒絶すれば成り立ちませんが、わたしは喜んでおります。……でも、アウト様はわたしのことがお嫌いですか？〉

「そ、そんなことはないけど……」

〈ああ、そう言っていただけると信じておりました。嬉しいです〉

「えっ？　ちょっと待って……」

〈もちろん、本当の夫婦としての営みは成人するまで待っていただきます〉

「いや、つーか、そういうことではなくてね……」

〈それでは、父様と母様に報告して参ります〉

「な、なにを⁉」

〈もちろん、婚約が成立したことをです。二人とも喜んでくださると思います〉

「よ、喜ぶ前に、父様は怒り狂ってオレをバラバラにすると思うよ……」

〈それではアウト様、こちらでしばらくお待ちくださいね〉

そう言うと、彼女は心象板を自分の膝の上から完全にオレの膝の上に移動させた。

そしてピョンとベッドから跳ねるようにして降り立つ。

振りむいた笑顔が、あまりにも嬉しそうで眩しい。

そのせいで、オレは一瞬、言葉を失ってしまう。

もし「違う。結婚しない」と言ったら、この笑顔がどうなってしまうのだろうか……。

そんなとまどいを見せているうちに、彼女は会釈するとそのままそそくさと部屋を出ていってしまう。

「……マジか……」

オレはアズの部屋で独り、事の成り行きに唖然《あぜん》としていた。

第三九話：元の世界へ逃げだしました。

少し整理しよう。

オレは彼女を助けるために、【魔水の口づけ】で水を飲ませた。

それは彼女の種族にとっては、婚約の意味がある大事な儀式だった。

しかも、一〇歳以上なら有効らしい。

元の世界の都道府県の条例によっては、よくわからないけど、もしかしたら死刑になる行為かもしれない。知らんけど。

でも、ここではセーフだ。

しかも、彼女はなぜかオレを好いてくれているらしい。

なにしろ、キスを求められたし、婚約自体も喜んでいて前向きだ。

仕事もできず、収入も低く、かつて「つまらない」「期待はずれ」と言われて恋人に捨てられたことのあるオレみたいなのが、どうして好かれたのか疑問ではある。

それにまだ子供だ。

しばらくしたら、気の迷いだったと思い始めるかもしれない。

だが、まあ、それは百歩譲ってよしとしよう。

問題はオレの方だ。

確かにアズは、めちゃめちゃかわいく、美人で、大きくなったらスタイルも抜群になることは確認している。

しかも性格も優しく、素直ないい子。

まだ若いから、今から教育すれば、まさにオレ好みの女に育つかもしれない。

欠点は会話の難しさだが、そんなことは大した問題ではない。

どうにでもなる話だ。

料理・家事などはわからないが、姫という立場なら、それさえも問題にならない可能性大である。

あと、夫婦生活が始まるのに何年も待たなければいけないことぐらいだが、別にオレはかわいい彼女を愛でるのも大好きだ。

つまり、ほぼパーフェクト。

たぶん、これ以上の条件は、今後一切オレの生涯に現れないと断言できるほどの好条件である。

（だけど……）

そう、「だけど」だ。

まず、親が心配する。

むかつくこともある親だが、まあなんというかさすがに、車ごとなくなっての完全失踪状態はまずい気がする。

車のローンも押しつけることになるし、せっかくクビを回避できた仕事も今度こそクビになる。

それに、ここで暮らしていけるのだろうか？

姫と結婚すると、オレは王子？

でも、魔法なんか使えないし。

それに、お米とか食べられなさそうだしなぁ。

ネットもないし、大好きなゲームもできない。

車中泊旅行も始めたばかりで、行ってみたい道の駅もまだたくさんある。

（それにキャラにもう会えなくなるかもしれないし……なにより、アズパパはヤバイだろう……）

まあ、今まで挙げた理由なんて、本気になればどうにでもなる話かもしれない。

しかし、アズパパだけはどうにもならない。

よくマンガなんかで、「お嫁にください」と相手の親に挨拶へ行くと、むこうの父親にボコボコにされるなんていう話もある。

それでも挫けずに何度もアタックをかけてると、こちらの本気に根気負けした父親から、「勝手にしろ！　その代わりうちの娘を泣かしたら承知しないぞ！」とか言われて、結婚を認められたりする。

ドラマだよなぁ、あるよなぁ、あるある……。

（……ねーよ!!）

うん、ないね。

そんなドラマチックな展開あるわけがないよね。

（つーか、あのアズパパに限ってはありえないな……）

なにしろ、いきなり四肢を切りとる気が満々である。

手足がなくなったら、もうアタックどころではない。

本気で命がピンチだ。

（うん。逃げよう！）

何度も言うが、オレは逃げるのが得意だ。

キャラと出会ってから、嫌なことから逃げるのはやめようと思ったが、命がピンチで危険でデンジャラスだから逃げるのは、さすがに除外だろう。

逃げないと決めたのは、試練を乗り越えて未来につなげるため。

でも、乗り越えられない試練に、未来などない。

うん、だから正しい。

結婚という重責から逃げる言い訳ではないはずだ。

（……すまん、アズ……）

オレはベッドから立ちあがって、窓を開けてみた。

幸い人影はない。

窓から外に出て、そのままアウトランナーのある場所へ。

電子ロックを開けると、ピピッと鳴ってサイドミラーが展開しはじめる。

その様子が、「おかえり」と言っているようだ。

（ああ、ただいま。実はね、殺されるかもしれないんだよね……）

そんなことをアウトランナーに脳内で語りながらも、オレはイグニッションスイッチを押す。

電源が投入される。

幸い、まだ電池が残っているので静かに発車。

村の中の地面は、ある程度整備されていて外よりも遥《はる》かに走りやすい。

おかげで静かに村の中央路にでることができた。

その時、ふと背後にざわめきがあがった気がした。

たぶん、気がつかれたと思い、オレはアクセルをベタ踏みする。

「——アウト様、待って！」

一瞬、アズの声が聞こえた気がした。

実際、背筋に快感が走った。

待ちそうになった。

思わずアクセルを緩めてしまう。

しかし、もう婚約の儀式をしたことは、アズパパに伝わっているはずだ。

待ったら、死刑確定である。

アズの言葉に負けるわけにいかない。

アズの言うことを聞かないにはどうしたらいい？

……そうだ！

そもそも、オレの本当の名前は「アウト」じゃない。

そうなんだ、違う。
だから、言うことを聞かなくていいはずだ。
（――おっ⁉）
そう思ったら、束縛が取れたようにアクセルを踏みこめた。
コンピューターが働き、スリップを抑えながら急加速するアウトランナー。
夜なので人通りもない。
オレは、そのまま出口までまっすぐ進む。
あっという間にエンジンとモーターのハイブリッド走行で時速八〇キロを超え始める。
九〇……一〇〇……となって、あの大きな岩が見えてきた。
視界が悪いからライトをハイビームに切り替える。
あの下にトンネルがあるはずと思い見つめる。
（……つーか、トンネルどこ⁉）
そこに、あの黒くて四角いトンネルは見あたらない。
ただの岩肌があるだけだ。
（――つーか、あれ魔法で開いたんだった！）
すっかり忘れていた。
ヤバイ。
どうする？

逃げ道を探すか？

というよりも、まずは急ブレーキを――

「つーか、間にあわねー！」

とたん、正面に黒い穴が現れる。

魔法で現れるはずのトンネルだ。

そのトンネルにボンネットが埋まった瞬間、オレの意識は真っ白な光に包まれていった。

車の慣性も失われ、すべてが停止した空間。

覚えがある感覚。

（ああ、これは元世界帰還《シフトアップ》だ……）

そう思ったとたん、アズの姿と声が心に届く。


――待っています――

その言葉を最後に、オレの意識は失われていった。

第四〇話：逃げずに楽しむため、オレはまた車中泊します。

気がついてから見えたのは、朝焼けに少しだけ色づいていた空。
舗装された広い道路と、コンクリートのちょっとしゃれた建物、それに木々……。
もちろん、多くの自動車が並び、中にはキャンピングカーも交ざっている。
ここは、元の世界。
異世界遷移《シフトダウン》に使った、千葉県にある【道の駅しょうなん】だった。
日時を確認してみるが、やはり車中泊した翌早朝だった。
（……頭、いてぇ……）
オレは頭をかるく押さえながら、なんとか外に出る。
まだ、キーンと冷えるような寒さが身体を包む。
（もう一回、温泉に入ってから帰ろう……）
温泉施設のオープンには、まだ時間がある。
オレはもう一度、車に戻って二度寝した。
（アズ……トンネルを開けてくれたんだ……）
頭はまだ痛い。でも、それよりもオレは胸の痛みの方が辛かった。

◆

――あれから五日後の金曜日。

昼休みにカウンター席に座って蕎麦《そば》をすすっていたら、上司の山崎《やまざき》と飯屋がかぶった。

「オマエ、いったいどうしたんだよ？」

奴が隣に座ったとたんに放った言葉がそれだった。

オレは質問の意味がわからず、顔を顰めたまま蕎麦をすすり続ける。

「最近、オマエまじめに仕事してるだろう。まあ、積極的に何かやるわけじゃないけどさ」

「つーか、まじめに仕事するのは、別に悪いことじゃねーだろう」

上司といっても、山崎とは同期。

最初の一年ぐらいは、他の数人と一緒によく合コンや遊びにいったりもした仲だった。

だから、会社の外では未だにタメ口である。

「そりゃな。ただ、突然だったから、どーしたのかと思うだろう。前はさ、仕事があっても、一日ネット見たりとか、ぼーっとしていたりとか、してたじゃんか。まるっきり給料泥棒の典型だったのに」

「……まあな」

酷い言われようだが、まったく言い返せない。

確かに仕事なんてしないで放置していたこともあった。

我慢しかねた別の人にやってもらったことさえあった。

仕事の締め切りとか聞いても、「だいたいその辺」みたいな感覚だった。

「そんなオマエが、なんか妙に仕事を片づけるのが早くなって納期遅れないし、ミスも少ないし、仕事もよく覚えるようになったし……」

「……いいことじゃねーかよ、やっぱ」

「いや。気持ち悪いだろうが。今週もスタートダッシュが凄まじいし。風邪で休んでいた、神寺《かみでら》さんのたまっていた分の仕事まで片づけたんだろう？　まあ昨日、今日となんかペースダウンして落ちついた気もするがな」

実は、オレもそれは感じていた。

なぜか異世界から戻ってくると、妙に集中力が上がるのだ。

人の話を聞いても上の空だったオレが、話を聞いているだけで要点がなんとなくわかるようになった。

記憶力まで冴《さ》え渡る。

仕事をしても、集中が非常に長く続くのだ。

おかげで仕事中は、異世界のことを考えることもなかった。

だが昨日の木曜日あたりから、また異世界のことが気になり始めた。

同時に、妙にいろいろなアイデアなどを思いつく。

仕事のことに関してもだが、車中泊グッズとかのアイデアなども、次から次へとわいてでる。

おかげで、昨日も帰りに買い物をしたが、今日もいろいろと買いこみたい物ができてしまった。

「しかも、前は何を言われようが、マイペースな感じのオマエが、妙に周りに合わせている気もするし……」

「それはまあ。なんつーか、オレよりマイペースな奴に遇って、いろいろと考えたことは確かだ」

そうなのだ。

キャラもアズも、タイプは違うのだが、非常にマイペースという共通点があった。

こっちの話を聞かないし、いつの間にか向こうのペースに乗せられてしまう。

コントロールできないノリみたいなのが、二人にはあった。

オレもマイペースだが、あの二人のとは違う。

オレのマイペースは、周りを無視するマイペースだ。

それに対して、二人のマイペースは、周りを巻きこんで乗せるマイペースだ。

言い換えれば、静と動。

オレのマイペースは何も生まないし変わらないが、あいつらのマイペースは周りを良くも悪くも変化させる。

この前、温泉に入りながら、そんなことに気がついた。

そして、そんなことをまじめに考えるようになった、自分に驚いていた。

「……なあ、やっぱり女か？」

「げほっ……」

オレは口に入れていた蕎麦を吹きだしそうになった。

ちょうど二人のことを考えていた最中だったので動揺してしまう。

「やっぱり女か！　男がここまで変わる理由は、普通は女しかねーよな。最初は、この前の失敗を後悔してかと思ったが、オマエがあのぐらいで変わるとは思えなくてよ」

「本当に酷い言われようだな、こんちくしょう」

「結婚でも考えているのか？」

「ゲホッ、ゲホッ！」

「うわっ！　きたねー！　動揺しすぎだ、大前！」

蕎麦を吹きだしてしまった口をおしぼりで拭いた。

動揺した単語は、もちろん「結婚」だ。

オレが逃げてきて、そしてたぶん相手を傷つけてしまったであろう原因。

本当にあの時、オレは逃げる必要があったのだろうか。

逃げずに、ちゃんと話し合うべきだったのではないだろうか。

頭の中でアズの「待っています」という言葉が結局は消えず、オレはそのことをずっと後悔しながら考えていた。

（キャラ……オレ、成長できてねーよな……）

やっぱりオレは、もう一度、キャラに礼を言いたいし、待っているとか言ってくれたアズに謝りたい。

もう異世界に行くのはやめようかと思ったけど、オレは行くべきなのだ。

最初は逃げるために異世界に行った。

だが、今は逃げないために異世界に行きたい。

これからも走り続けるために、それは必要なのだ。

「なあ。来週末の連休に同僚たちとキャンプ行くんだけど、オマエも行くか？」

久々の山崎からのお誘いだった。

ここしばらく、オレは職場の面子からは孤立していたから、かなり珍しいことだ。

山崎もリーダーとして、孤立しているオレのことを気づかっているのかもしれない。

（まあ、前回の仕事の借りもあるからなぁ……）

オレは最後の蕎麦を口に放りこんでから、水を一気に飲み干した。

そして席を立つ。

「来週末の連休な。……考えとくよ」

「考えとくって……どうせ週末とか暇じゃないのか？　なにやってるんだよ」

少し揶揄《やゆ》気味の山崎。

だから、オレも少しからかうことにした。

「週末か？　ちょっと美少女たちが待っている異世界に、アウトランナーで車中泊さ」

「はあぁ？　異世界？」

「そう。異世界車中泊旅行だよ。そのために仕事をがんばっているんだ……つーか、お先に！」

怪訝な顔の山崎を置き去りにして、オレは店を出た。

（よし！　午後の仕事を片づけたら、出かける準備だ！）

オレの頭は、今夜の行き先選定でいっぱいだった。

楽しい車中泊旅行が、また始まるのだから……。

外伝：キャラのお仕事

キャラは、目の前にいる【神人《しんじん》】と呼ばれる男の独特の雰囲気に、畏怖を感じつつも同時に魅力を感じていた。

その魅力は「異性」に対する感情ではなく、尊敬とか崇拝の対象に近いかもしれない。

知り合ったきっかけは、同じ獣呪族《じゅうじゅぞく》で闘士《トール》であり、冒険者をしている友人を通してだった。

それは偶然だったのだが、キャラはその偶然に感謝している。

異世界からやってきた伝説の神人たる彼と知り合いになれたのは、喜びでしかない。

（本当に、すごい人……）

黒髪の神人は、キャラよりも少し上ぐらいの年齢だと思う。

しかしあらゆる点で、そのようにはとても思えない。

まず見た目からして違う。

姿勢よくバランスのいい体つき。自然体ながら隙のない立ちふるまい。

キャラが知る限りだが、【黒の血脈同盟国】の黒帝騎士《ブラディッシュ・レイト》や、【聖典連合国】の聖典騎士《オラクル・ロール》の中にも、これほどの人物はいないのではないかとさえ思ってしまう。

圧倒的な存在感を放ち、多くの期待を寄せられていても揺らぐことなく、それを受けとめている器の大きさがある。

その証拠に、彼の傍《かたわ》らには本来は敵国同士の女性二人が立っている。

二人は、敵対する【黒の血脈同盟国】と【聖典連合国】、それぞれの国の貴族の姫のような存在だ。

そんな二人から、彼は信をおかれている。

聞けば彼女たち二人は犬猿の仲ながらも、尊敬する彼の意思を尊重し今では争うこともないらしい。

彼を紹介してくれたキャラの友人などは、世界《ワールド》冒険者と呼ばれる名うての冒険者でありながら、彼を師として仰いでいる。

さらに、この領主の屋敷の応接室にいる一〇人ほどの権力者たちが、そろって彼に一目置いていることはまちがいない。

みんなが彼に救いを求め、彼はそれに全力で応えようとしている。

そんな彼の力になりたいと、キャラはごく自然にそう思っていた。

「こんな仕事を頼んですまない、キャラさん」

だからキャラは、彼の困りごとを自分から引き受けると申しでた。

それは、とある手紙と荷物の配達。

しかし、ただの配達ではない。

その荷物はひとつの村、ひとつの国どころか、下手すれば大陸全土の危機になるかもしれない問題の解決に結びつく一手なのだ。

「俺が行ければいいんだけど、結界内にいる数万のリビングデッドを抑えていなければならない。ただ滅ぼすだけなら簡単だけど、これだけの浄化をおこなうとなると、手間もかかる。……だから、これを届けて欲しい」

「お任せなのにゃぴょん！　それにこれは、キャラの故郷にも関わることでもあるし……」

絶対に失敗できない仕事だ。

否。たとえこれが別の品であっても、キャラの仕事に対する姿勢は変わらない。

頼まれた仕事はやり通す。

信頼に応える。

それが彼女のポリシーだった。


だから、その仕事の途中で魔物に襲われ、食事や外套《がいとう》をなくし、足を痛めて倒れた時、彼女は絶望に呑《の》まれそうになっていた。

よりによって、なぜこんな時にと運命を呪った。

神様に助けを願った。

自分を責めた。

結界で捕らえきれなかったリビングデッドが、すでにこんなところまで歩を進めてきていると思わなかったのだ。

しかたなく慣れない道へ逃げ込んだものの迷ってしまい、森の夜に呑まれてしまった。

幸いにして夜目が利いたので、少しは動けた。
しかし、危険が増した夜の森で激しくは動けない。
そこへ足首の痛み、疲れ、空腹が襲ってくる。
走りつめてきた筋肉が張っている。膝がカクカクとしてしまう。
「あっ……」
ふらっと、転倒。
(負け……ない！　キャラは……期待されたのだから……)
土を舐《な》めても、あきらめてなるものかと立ちあがる。
が、意識は朦朧《もうろう》としている。
リビングデッドはふりきれたと思うが、歪《ゆが》む視界で進行方向も見失う。
もうダメかもしれない、そう考えた時、ふとあの神人と同じ匂いを感じた気がした。
力強い、他とは違う魔力《ギリアン》。
よろけながらも、自然にそちらに足が向かう。
霞《かす》む景色の中に浮かんだのは、黒き鉄の塊。
それがなんだかはわからない。だけど、あの神人と同じ力強さを感じる。
「たす……け……神《しん》……さ……」
キャラは、一縷《いちる》の望みを摑《つか》むかのように、その鉄の塊に手を伸ばす。
刹那、ふと優しく暖かい魔力《ギリアン》に包まれたような気がした。

そして次に、目が覚めた時。

キャラは、もう一人の【神人】――異世界にある神の国から来た人である【アウト】と出会ったのだ。

これは奇跡に近いだろう。

今まで神人の存在は、ほぼ伝説だったというのに、キャラはこの短い期間で二人も神人と出会うことになったのだ。

こんな幸運な人物は、自分以外はいないのではないかとさえ思える。

ところが、だ。

アウトが異世界から来た神人だと聞いた時、キャラには不思議となんの感慨も生まれなかった。

もちろん、畏怖どころか敬意さえ感じなかった。

戦っても弱そうだし、頼りなさそうだし、そしてエロかった。

強く高潔な彼とは、まったく違う。

威厳など欠片もないアウトは、「神人」というよりも単に「異世界から来た人」という感じだ。

どこまでも一般人すぎて、逆に身近さを感じて安心感まで抱いてしまう。

（異世界人にも、いろいろといるということだな……）

異世界は別に神の国ではないと、あの彼も言っていた。

こちらの世界のように、普通に人間が暮らす世界だと。

だから、世界を救うような力をもっているのは、異世界人の中でもきっと一部なのだろう。

目の前にいるアウトは、異世界人でも自分と同じように普通の人間なのだ。


そう思っていた。

だが、違ったのだ。


彼はキャラの空腹を満たしてくれただけではなく、足の手当をしてくれて、間にあわないと思った道のりを「アウトランナー」という不思議な車で送ってくれた。

アウトランナーは、本当に不思議な車だった。

まず、その形や動力。

蒸気機関の乗り物とは違い、中に入れば外とは別世界のように遮音され、それでいて高速に道なき道も走り抜ける。

さらに不思議なのは、アウトランナーを包む力だ。

それが魔力《ギリアン》なのかどうかは、魔法《マギア》や魔術《マジア》が得意ではないキャラにはよくわからない。

しかし、初めてアウトランナーに触れた時、キャラの体にはもう一度、立ちあがるだけの活力が戻っていたのだ。

その上、アウトランナーに乗っている間、足の怪我の治りもかなり早かったように思う。

いくら獣呪族といっても、二日程度で全力疾走できるほど回復できるわけがない。

しかしキャラは、アウトと別れたあとに全速力で走ることができていた。

そのおかげで仕事は期限に間にあい、迫り来るリビングデッドの脅威にも先手を打つことができたのだ。

もしリビングデッドの対策が間にあわなければ、キャラの故郷の村どころか、周辺の国々もリビングデッドの脅威にさらされていたかもしれない。

下手をすれば、やがては国を滅ぼし、大陸全土に被害を及ぼしたかもしれない。

それを防げたのは、まちがいなくアウトがキャラをアウトランナーで助けてくれたからだ。

間接的にだが、アウトは世界を救ってくれていたのだ。

（タイプは違うけど、アウトもまた異世界から来た救世主だったのかも……うん！）

仕事を終えたキャラは、一度自宅に戻ってすぐさままた旅に出かける準備をした。

新しいバックパックを用意し、着替えや食料などを買いこんだ。

（きっと、アウトは腹を減らしているはず。お礼にうまいものを食べさせてやろう）

アウトのことだから魚も捕れないだろうし、ましてや狩りなどできるわけがない。

キノコもやめとけと言ったのだから、リンゴをかじって我慢しているはずだ。

そんなことを考えながら、キャラはポツネンとさびしそうにリンゴをかじっているアウトを想像して笑ってしまう。

決してかっこよくはない。

しかし、キャラにとってはまちがいなくピンチを救ってくれた英雄だ。

そんな英雄を独りさびしく待たせておくわけにはいかない。

すべての用意をすませてから、キャラは宿に泊まって朝を待った。

そして翌朝には、森に向かって走っていた。

再会した時に話したいことを考えながら。


だが、まさかこんな事になるとは思わなかった。

それは地走竜《グラコドラン》という、もっと南方に生息するはずの凶暴な魔物——魔力《ギリアン》の影響で変質した生き物だった。

こんなところにいるはずがない魔物だ。

しかも出くわしたのは、森の出口付近。

森の中の方が逃げやすかったのだが、背後から迫ってきていたため、すでに平原に出てしまっている。

（地走竜《グラコドラン》は足が速い……）

地走竜種は変わった生き物で、最初はゆっくりだが走り続けるととんでもなく速くなる。

その最高速度は、蒸気機関車にも追いつく。

平地で追いかけっこをしていたら逃げきれない。

それに、ここからアウトの野営地まではすぐ近くだ。

ならば、アウトを巻きこまないようになんとか回りこんで、地走竜《グラコドラン》が加速しきる前にまた森に戻る。

一か八かだが、それしかなかった。

(アウト……いた！　逃げて――)

距離はわからないが、離れたところにアウトランナーの姿が見えた。

まだ地走竜《グラコドラン》もアウトには気がついていないはずだし、充分逃げられるはずだ。

キャラは心の中で、アウトにそう呼びかけた。

地走竜《グラコドラン》の雄叫《おたけ》びが先ほどからあがっているから、彼も気がついているはずだろう。

こちらは逃げきれないかもしれないが、アウトが助かるならそれでいいかもしれない。

そう、キャラが覚悟を決めた時だった。

(――にゃぴょん!?　アウト、なんで――)

アウトランナーは、けたたましい音を鳴らしながら猛スピードでこちらに向かって走ってきたのだ。

さらに壊れた管楽器のような聞いたことのない爆音まで鳴り響かせている。

さらにヘッドライトと呼んでいた明かりまでこちらに向けてチカチカとさせていた。

明らかに、地走竜《グラコドラン》を挑発している。


――ウオオオォォォォン！

地走竜《グラコドラン》が、怒りの叫びを上げて挑発に乗った。

体の向きを変えて、アウトランナーに向かって走って行く。

（アウト、バカなのか⁉）

アウトは魔術《マジア》も使えないし、剣も使えない。それどころか武器など持っていない。

ならば、アウトランナーで体当たりでもかけるつもりなのかと思っていると、くるりと反対方向に方向転換する。

（まさか持久戦……確かにアウトランナーならスピードで負けないかもだけど……）

地走竜《グラコドラン》があきらめるまで、平原を走り続ける気だろうか。

そんなにうまくいくのかわからないし、蒸気機関と同じようにあの車も「でんき」とかいう燃料がいると言っていた気がする。

それがなくなれば、一巻の終わりではないか。

「――にゃぴょん！　そっちはダメ！」

だが、燃料よりも大きな問題があった。

地形だ。

この平原の北西には、ほぼ垂直に切り立った渓谷がある。

それは近くに行かないとわからないため、アウトランナーの速度では気がついた時には手遅れだ。

「アウト、ダメ‼」

こちらの声など届くわけもなく、アウトランナーは渓谷に向かってダイブしてしまう。

キャラの背筋に冷たいものが走る。

「――えっ⁉」

だが、その瞬間に不思議な現象が起こった。

砂漠の太陽が唐突に目の前に現れたかのように、アウトランナーが真っ白なまばゆい光に包まれたのだ。

あまりの刺激の強い光に、離れていたキャラさえ目を腕で覆ってしまう。

次の瞬間に響いたのは、地走竜《グラコドラン》の雄叫び。

(なっ、なにがあった……)

再び目を開けると、そこからアウトランナーと地走竜《グラコドラン》の姿はなくなっていた。

慌ててアウトランナーが宙に舞った場所へ走りよる。

「アウト！　アウト！」

足下には、切り立った渓谷の崖。

キャラは四つん這いになり、恐る恐る上半身を前に出す。

眼前には深く大きな溝。

真下の川縁《かわべり》には、地走竜《グラコドラン》がピクリともせずに倒れている。

たぶん、あの光に目が眩《くら》んで、そのままの勢いで落ちてしまったのだろう。

だが、肝心のアウトランナーの姿どころか、それらしい残骸さええない。

確かに崖から飛んでいたのだが、とても渓谷を飛び越えたとは思えない。

「にゃぴょん……消えたのか？」

キャラは立ちあがって空を見上げる。

（もしかして異世界に帰ったとか？　な、なら、いいんだけど……）

異世界転移は簡単にはできないと聞いていたが、アウトはこちらの世界に寝ているだけできたらしい。

ならば、なんらかの拍子に帰ることもできたのかもしれない。

「そうだ。きっとそうに違いない。でも……」

キャラはふと、アウトの姿を思いだす。

ビクビクと怯《おび》える姿、慌てる姿、怒る姿、謝る姿に楽しそうに語る姿。

それは、親しみのわく神人の姿。

「うん。アウトも神人。きっと無事。だからまた……」

キャラは再会できるという予感を胸に帰路につくのだった。

外伝：アズの災難

【イータ・アズゥラグロッタ】の最初の災難は、やはり誘拐されたことだった。

村から出て近くの森で木の実をとろうとしていたところ、何者かに眠らされて気がつけば餓力鋼《イーパ》という材質が埋めこまれた法術封じの手枷をつけられて、小さな木製の檻《おり》に閉じこめられていた。

しかも、幌《ほろ》のせいで周囲はうかがえないがどうやら荷馬車の中らしい。

服装は【言霊族《チャーム》】の衣装ではなく、薄汚い貫頭衣に着せ替えられ、フード付きのマントを被されていた。

最初、何が起こったのかわからず混乱した。

村の近くにある森は魔物もでないし、村人以外が訪れることはまずない。

だから安全だというのが共通認識で、イータも数日に一度ぐらい、一人で訪れている場所だったのだ。

(どうして、こんなことに……)

これからどうなるのかと想像した時、思わず涙がこぼれそうにもなった。

しかし、ただ泣きわめくということをイータは良しとしなかった。

【言霊族《チャーム》】の姫としての威厳がそれを許さなかった。

だから一生懸命、状況を見極め、このピンチを打破するチャンスをうかがおうとした。

幌の向こう側に見える馭者《ぎょしゃ》の人数は一名。

馬の蹄《ひづめ》の音は、一頭分だから他に人はいないのだろう。

蹄や馬車の車輪の音から、街道のようなある程度、舗装された道ではないかもしれない。

かなり暑いし、空気も乾燥している。

そう考えると、村の南方にある荒れ地あたりだろうか。

どのぐらい眠っていたのかわからないが、それ以上遠くへは運ばれていないだろう。

しかし、一部砂漠化したこの地帯はそれなりに広い。

ここで逃げたとしても村までたどりつくのは困難かもしれない。

水も食料もなく歩き続けるのは無理だ。

ならば、どこか近くの村か町についてから行動をおこすべきだろう。

うまくすれば、その土地の誰かに助力を得られるかもしれない。


そう考えていた矢先、次の災難は襲ってきた。

突然、馬車が襲われたのだ。

たぶん、襲ってきたのは【砂漠土竜《デイジスドラン》】と呼ばれる土にもぐって獲物を狩る魔物だろう。

地面に長い尻尾だけ出して、獲物を巻きとって地中に引きずりこむ。

肉食で空腹になると人間を襲うが、それ以外では土の中でおとなしくしているし大食漢でもない。

それが幸いした。

今回の砂漠土竜《デイジスドラン》も、馬車を牽《ひ》いていた馬とその馭者を餌としただけで満足して去ってくれたのだ。

その上、不幸中の幸いはもうひとつ。

砂漠土竜《デイジスドラン》に襲われた瞬間に馬車はひっくり返り、イータは檻ごと外へ放りだされていた。

かなりの打ち身を負ったが、同時に安作りの檻は壊れ、おかげで自由に動けるようになっていた。

もし檻が開かなければ、暑い陽射しの中で干からびていたことだろう。

（でも、このあたりにはいないはずの魔物ですのに……餌がなくなったのかしら）

砂漠土竜《デイジスドラン》はその名のとおり、もう少し砂が多い土地に生息する。

だから、自分を攫った者も油断していたのかもしれない。

馬車に何か残っていないかと探したところ、幸いにして木製の水筒が見つかった。

めぼしい物は他になく、水筒の中の水だけを頼りにイータは北に向かって歩きだした。

とはいえ、やはりその道のりは辛かった。

草で編まれた薄手のサンダルでは足の裏も痛くなる。

容赦なく襲いくる陽射し、際限なく蒸発する水分、消費していく体力。

途中で水は切れてしまい、最後はとうとう倒れてしまう。

逃げだしても意味がなく、このまま死を待つしかないのか。

イータは、そう思いながら意識を落とした。


そこに現れたのが、アウトだった。

最初、イータは彼のことを誘拐犯の仲間かと思った。

なにしろ、いきなり【魔水の口づけ】で魂を結ぼうとしてきたのである。

だから力尽くで婚約し、自分を言いなりにしようとしているのかと考えた。

しかし、それは勘違いだった。

どこか不器用そうながらも、彼はイータを助けようとしてくれた。

魔力《ギリアン》の欠片もないのに、体を張って魔物から守ろうとしてくれた。

そして「不気味」と言われてきた自分の姿を見て「きれい」と言ってくれた。

見ず知らずの人間のために命を賭けられる、不思議な乗り物を操る男。

そんなアウトに、イータは確かな運命を感じた。

アウトにアズと呼ばれるたびに、あふれる愛しさを抑えられなくなっていた。

(助けていただくためとはいえ、儀式の形になったのも、きっと運命です！　それにあの車……)

彼が「アウトランナー」と呼ぶ車は、とてもこの世のものとは思えなかった。

見たこともない機器が配された快適な車内、静かで力強い走りは、馬車などとは比べるまでもない。

それに感じたこともない魔力《ギリアン》の流れ。

魔力《ギリアン》の流れを読み取れる彼女でも、その力の仕組みはよくわからない。

そのような不思議な車をこの世界の人間が所持しているはずがない。

となればアウトは神の国の人、すなわち神人様ではないだろうか。

もしそうならば、神人と縁をなすことは一族としては名誉なことのはず。

結婚相手として申し分ないはずだ。

（アウト様こそ、わたしの運命に違いありません！）


しかし、災難はまた起こる。

なぜかイータが目を離した隙に、アウトはアウトランナーに乗って村を去ろうとしたのだ。

一瞬、彼女は捨てられたと思った。

とめる声は届かず、車は加速した。

行かないで欲しいという想いより、逝かないで欲しいという想いが優った。

結果、彼女は村の入り口を開いてしまうのだが、アウトランナーは激しい光と共に消えてしまったのだ。

まさに忽然と。

（異世界に……戻られた？）

だから、彼女は思った。思うことにした。

（ああ。偉人であるアウト様は、きっとあちらの世界でも大切な使命があるのですね）

違う。内心、本当はわかっていた。

アウトは「結婚する」ということの重さに逃げたのではないかと。

彼はヘタレなのだ。

だが彼女から見たら、不思議なことにそこもかわいく、魅力的に見えてしまう。

(だから今は、待っていますね、アウト様……)

イータ――アズは、アウトランナーが消えた先を見つめながら、運命だけは真実であると信じて疑わなかった。

そしてその信じる心が、次なる彼女の災難を救う再会につながるのだった。

あとがき

ウェブ版とは少し違ったところもありましたが、いかがだったでしょうか？

この話のきっかけは、二〇一五年に三菱自動車【アウトランダーＰＨＥＶ】を購入した事でした。

アウトランダー購入前の車でも車中泊をしていましたが、その時は車が小型だったため、本当に車で寝るだけしかしていませんでした。しかし、アウトランダーならば「車中で過ごす」という使い方ができたのです。私は納車されたその日に、そのまま家族で車で旅行に行き、一気に車中泊の楽しさ、その深みにはまりました。そしてすぐに、この小説の執筆に入りました。

アウトランダーＰＨＥＶが気にいったからということもありましたが、それよりも「車中泊の楽しさを伝えたい」という気持ちが強い動機になりました。ただ、それだけでは少しつまらない。そこで流行の異世界物に対してもっていた、わだかまりみたいなものも同時に消化できないかと考え、当時はなかったと思われる「異世界＋車中泊」というキーワードで生まれたのが、この作品です。

異世界に転生・転移するのはいいのですが、「元の世界から逃げる」「元の世界を捨てる」というイメージの作品が多く見られました。もちろん、それもひとつの道だと思いますが、そうではない道がもう少し欲しいと思っていました。

また、車で異世界に行っても充電ができないし、ガソリンもありません。そんな世界で動力をどうするのかという問題も解決しなければなりません。簡単なのでは、魔法とか不思議な力で解決することですが、それは安易でＰＨＥＶの意味も失われます。魔法で動かすことができるというだけなら、元の世界から自動車を持ちこまなくてもいいわけです。

そこでとった手段が、古くからある物語の形式「行きて帰りし物語」をループさせる形でした。異世界で学び、元の世界で活かしていく。逆に元の世界で成長して、異世界で活躍する。そういう成長譚にしようと考えました。この形にすることで、異世界では燃料リミットという危機感がエッセンスとなりますし、元の世界に戻れば燃料を補給して問題を解決できるというわけです。

そして成長譚ということで、主人公はダメ人間にしようと思いました。しかし私にとって、それはわりと難しい事だったのです。なぜなら、私の書く小説の主人公たちは、わりと急速成長系や完璧系が多いときています。自分が完璧系ではないから、そういうものに憧れてしまうんですね。

まあ、逆に言えば自分をモデルにして、その悪いところを伸ばしてやればダメ人間ができあがります。ただ、そんなキャラクターは、今どきのウェブ系ラノベ主人公にあまり適していません。

実際、「このキャラ嫌い」「感情移入できない」「耐えられない」と嫌悪に近い感情を抱いた読者様もいらっしゃり、そういった感想もいくつかいただきました。

しかし私は、そういう嫌なキャラクターがコロッと変わるわけではなく、逃げ癖がなかなか治らなかったり、優柔不断さにふりまわされたりしながら、少しずつ変わる姿を描きたかったのです。

それに「耐えられない」という読者様がいる一方で、耐えることを知り、許すことを知り、成長を期待して見守ることを楽しんでくださる読者様もいらっしゃるということを信じていました。

ちなみに、主人公は成長したとしても、異世界無双したりはいたしません。本当に普通っぽい、異世界冒険に向いてない人間が、異世界を見て回る話なのです。もし異世界無双なども読みたいという方は、カクヨム等で公開してる【アルティメイタム～冒険生活支援者《ライフヘルパー》はレベルが上がらない⁉】をぜひお読みください。世界観（一部、登場人物）が、本作とも繋がっております。また他にも異世界転生物やキャンプ物の小説をいろいろと書いております（宣伝！）。

なお、このあとがきを書いている時点で、本作のウェブ版では八泊目まで公開しております。そして当初の予定では、エピローグである一〇泊目で終わる予定でした。

しかし長く書き続けている中で、書き始めた当初に考えていた全体のテーマに対する結論等がしっくりとこなくなってしまったのです。さすがに七～八年も経つと、私という人間も変わってくるからなのかも知れません。最初に考えていた「答え」を今は疑問に思っているのです。その為に九泊目は、なかなか書けないでいます。何度か頭でまとめては、また否定しての繰りかえし。たぶん、簡単なことを難しく考えすぎているだけだと思うので、もっと単純にしてエンディングを目指そうかと考えています。

ただエンディング前に、キャラやアズのエピソードをもっといろいろと書きたいとも思いはじめているんですよね。それでまた悩んでいます。ともかく、なるべく早く自分の中で決着をつけて、この異世界車中泊物語を完結させたいと思っています。

その為にもぜひ、これからも応援をよろしくお願いいたします。また、挿絵を描いてくださっている灯《ともり》先生が「good!アフタヌーン」で連載しているコミカライズ版もぜひお読みください。

最後に制作に関わってくださった編集部の方々、素敵なイラストを描いてくださった灯先生、切磋琢磨した物書き仲間、アウトランダーPHEVという素敵な車を作ってくれた三菱自動車様、応援してくれた家族、そして読者の皆様に感謝を！　ありがとうございます！

芳賀　概夢

Kラノベブックス

異世界車中泊物語《いせかいしゃちゅうはくものがたり》　アウトランナーPHEV《ピーエイチイーブイ》

芳賀概夢《はがかいむ》

2023年2月28日第1刷発行

発行者　森田浩章

発行所　株式会社 講談社
〒112-8001　東京都文京区音羽2-12-21

電　話　出版　(03)5395-3715
販売　(03)5395-3608
業務　(03)5395-3603

デザイン　髙安りさ（G×complex）

本文データ制作　講談社デジタル製作

印刷所　株式会社ＫＰＳプロダクツ

製本所　株式会社フォーネット社

KODANSHA

ISBN978-4-06-531332-9　N.D.C.913　304p　19cm
定価はカバーに表示してあります

ファンレター、
作品のご感想を
お待ちしています。

あて先　〒112-8001　東京都文京区音羽2-12-21
(株) 講談社　ラノベ文庫編集部 気付
「芳賀概夢先生」係
「灯まりも先生」係

Kラノベブックス

Destiny Unchain Online
～吸血鬼少女となって、やがて『赤の魔王』と呼ばれるようになりました～

著:resn　イラスト:ヤチモト

高校入学直前の春休み。満《み》月《つき》紅《こう》は新作VRMMORPG『Destiny Unchain Online』のテストを開発者である父に依頼された。ゲーム開始時になぜか美少女のアバターを選択した紅は、ログアウトも当分できないと知り、せっかくだからとゲーム世界で遊び尽くすことに決めたのだが……!?

――ゲーム世界で吸血鬼美少女になり、その能力とスキル（と可愛さ）であっという間にゲーム世界を席巻し、プレイヤー達に愛でられつつ『赤の魔王』として恐れられる？ことになる、紅＝クリムの物語がここに開幕!!

漫画版『異世界車中泊 アウトランナーPHEV』は
「good! アフタヌーン」で好評連載中です！
ケモミミ娘を探し、
荒野で拾ったのは
異世界のお姫様!!
鬱屈《うっくつ》した
サラリーマンが
人生を生き直す
成長物語!!
KODANSHA
異世界車中泊物語
Sleeping Overnight
In My Car In Isekai
アウトランナーPHEV
第2巻
原作 芳《は》賀《が》概《がい》夢《む》
漫画 灯《ともり》まりも
アフタヌーンKC 定価：748円（税込）
第1話がここから読める！
4月6日(木)発売!